雾、咖啡杯留下的残渍，昔日的史书会往哪去？

———胡利奥·科塔萨尔

没有任何东西是谎言。只要相信，什么都是真的。

———路易斯·乔维特（《艺术家的门槛》）

我们像孩子一样被释放，迫切地奔向持久的事物。

———米尔顿·斯琴卡

目录

搬家 ... 1

懵懂 ... 6

那场海难 ... 9

我们的公园 ... 12

飞艇和丹第 ... 14

勇敢的正反方 ... 23

属于自己的空间 ... 25

彩色的梦 ... 29

加拉尔萨家的人 ... 33

市中心一游 ... 35

坏消息 ... 40

无花果树上的女孩（一）... 43

再见和永不见 ... 46

茱莉斯卡说西语 ... 50

街区的聚会 ...54

公园荒芜了 ...58

再会了 ...62

相处不来 ...66

"好买卖" ...68

过往的人 ...73

首字母 ...80

我的第二个伯爵 ...83

可怜的罪人 ...88

今日是我的初次 ...91

认可 ...97

无花果树上的女孩（二）...101

欢迎你，索尼娅 ...108

三点十分 ...114

欲望的沟壑 ...116

现实中的女人 ...121

为什么说话？...125

鳏夫的证明 ...128

粉红灰尘中的脚 ...132

遥远的声音 ...136

不总是这样 ...142

再遇马特奥 ...146

一个奇迹 ...151

资本是另外一回事 ...153

茱莉斯卡难过了 ...156

过去未完成时 ...159

最新的陈旧 ...163

地下一层 ...166

不能再这样下去了 ...169

所有这些钱 ...178

这点小平衡 ...182

我的长崎 ...187

四种口味的煎饼 ...190

咖啡残渍 ...194

译后记 ...201

搬　家

　　自我记事起，我的家庭总在搬家。但是，得说清楚，这绝不是因为我们付不起房租，而是为了其他一些原因。有些原因很荒谬，但也没什么丢人的。我得承认，一次又一次地打开箱子、衣柜、盒子、行李，对我来说是一件乐事。所有的东西又被放进衣橱、橱柜、壁橱、抽屉里，尽管大部分的东西（不总是那些）依旧待在大大小小的盒子里。新家（我们从来不是房东，一直都是房客）在短短几天内就有了永久住所的样子，或者至少是一个固定住所的样子，我觉得我父母真是这么计划的。但要不了一年的时间，要么是父亲，要么是母亲，两人意见从来没一致过，又开始对房子评头论足（一开始是隐晦的，后来越来越明显）。其实，他们就是有了换新地方的念头了。一般来说，我父亲的理由是房子光线不足、墙壁太潮湿、走廊过于曲折、周遭环境太吵、邻居经常窥探我们的生活等等。我母亲的理由更加多样，但这长长的理由清单上一定会出现例如光照过多、环境太干、家里空间太大、跟邻居没有交流、街上毫无生气等等。另外，我父亲很喜欢周围环境安静的地方，我母亲更喜欢热闹的市中心。

您别担心，我不会跟您讲这些房子里的故事，我就从生命中发生重大事件的地方开始讲起（或是，如诗人在一篇媚俗的文章的开头所说："对世界来说是小事，对我来说是大事。"）。我出生在正义街和新帕尔米拉街交界处的一栋房子（的顶层），我们在那住了三年。那次可算是长了，后来我们越搬越频繁。我对这个家的记忆不深了，唯有对家里的一扇天窗印象深刻，它开关的时候特别吵，但我们也不会经常打开它，因为它的撑杆在院子里的墙上，而且非常硬，只有两个强壮的人一齐用力才能开得动。下雨天，这个倒霉的杆子会导电，所以这天窗只有在晴天才能打开。

随后，我们又搬到了同一个街区印加街和利马街交界处。在那里，我印象最深的是马桶，冲马桶必须拉绳。水不去清洁马桶内部，却从高处的水箱里飞泻出来，不只把倒霉的如厕者淋湿，还给铺着绿色釉砖的地面泼水。后来，我们又搬到了华金雷吉娜街和米格列特街的交界处。那里比较吵，但马桶倒是没问题了，没有必要撑着伞、戴着帽子去上厕所了。这房子的设施比以前都简单，只有一台留声机值得回忆。趁我爸不在的时候，我妈总是在里面放一张健美操音乐唱片，那唱片总是以一种非常纯净的声音开场："注意啦！准备好！开始啦！"我母亲非常听话地开始做操。当时我大概五岁半，看她在地上伸展和踢腿，或是跪着拉伸手臂，非常佩服。有时候她会累得倒向一边，我当时还以为这也是唱片里面那个加利西亚人要求的（我得澄清下，很多年后我才听出这个教练的口音，有天下午，我在箱子里找到了78转的古董唱片，然后放在唱片机里又重听了一遍）。总之，我很热心地鼓掌，她做完运动后就把我抱起来，给我一个吻，对我的理解和鼓励表示认可，这个吻很响，但是不如早上的吻温柔。因为，你可以想象，她做完健美操之后浑身湿透的样子。

　　下面一个家（更加简陋了）位于霍夸特街和胡安·保利尔街的交界处。这里离上一个房子才四个街口的距离，要找到一位卡车司机愿意接这么近距离的搬家生意也不容易，对我父亲来说，司机拒绝这生意是毫无道理的，因为装东西卸东西的工作量是一样的，就算搬家的距离是十五公里，又有什么区别呢？最后，我们终于找到了个卡车司机，因为我们给的小费不菲，他才接受了这么奇葩的活儿，但他脾气很差，他的两个助手脾气也很差。因此，衣橱的四只脚只剩下一个，一面镜子裂成了两个月亮——一个上弦月，一个下弦月，也就不奇怪了。这个新家有点挤，我们总是在厨房吃饭。家里最好的位置是屋顶的平台，好像跟邻居家的连在一起。邻居家有一条大狗，在我看来很凶横，它成了我人生中的第一个敌人。更糟糕的是，我上平台去的那么几次，这坏蛋总对我吼，仿佛天注定一般。但我注意到，它被拴在了一根铁链子上，记忆中它第一次露出了胆怯的迹象，是我决定也冲它吼，尽管我的吼声真是滑稽。我得承认，这么做一点儿也没有改善我俩糟糕的关系。

那段时间我们还搬了好几次家，但总是在同一些街区：尼加拉瓜街与科夫雷街交界处、宪法街与格艾斯街交界处、波龙哥街与佩德尔纳街交界处。到了这一步，全家仿佛集体陷入痴迷，非要不停搬家不可。搬家从噩梦变成了美梦。每次我们都幻想在地平线上出现一个小家，在光影之间，仿佛一个乌托邦，我们跨过这道新门槛，就会进入乐土。当然，当天花板的一块墙灰掉进了我们的饭菜里，或是一队纪律严明的蟑螂先锋部队踏着轻快的步伐在我妈的尖叫声中入侵了厨房，这天堂般的日子很快就到期了。然而，每当一个神话消失在我们失望的云雾中，都丝毫不影响我们通力协作，开始勾勒一个新乌托邦的蓝图。

懵 懂

实际情况是，我们第一个比较重要的家位于卡普罗街，至少对我来说比较重要，也可能我的理由不够充分。我是这么考虑的：首先，我妹妹就是在那出生的；第二呢，我老爹换了工作，工资涨了不少；第三也是最后一个理由，就是我病了，医生不准我去上学，在我静养期间，老爹给我雇了个私人教师，一周来三次，每次教我四个小时，负责我（早已扭曲了）的教育。

她叫安东尼娅·维克。我还能记得她的姓，因为它跟扇子谐音。她一年四季都带着那把扇子。她总觉得热，但我妈从不给她开电风扇，因为我需要长期静养，一阵风即便不能将我撂倒，要往轻了说，也得让我打二三十个喷嚏。我记得她很瘦，皮肤很白，眼睛是深色的。她看我时只有两种眼神，一种是温柔而善解人意的眼神，那是在我父母在场的时候才有；另一种是严肃而狐疑的眼神，那是当我俩单独在一起的时候。简而言之，就是我俩不来电。

一般来说，随便哪个孩子，只要是有个自己的家庭教师，惯常的做法是周一上完课，周三上课前一定会迅速复习一下，但我却反其道而行之：我周一自学周三她要教的课，她每次都很沮丧，教学上没有任何成就感。但她的沮丧也可能是因为害怕我父母知道我都是自学的，而不是她教的，她的作用是可有可无的，会跟她终止合同。我虽调皮，却不至于告密。我从来没跟我父母讲过我这个不听话的学生搞的小把戏。我的目的不是让安东尼娅丢工作，而是让她知道她辅导的小孩是何等人物。因此，我们继续我们的把戏：我提前学完课程，她学着尊重我。我对每课的细节都了如指掌，她只要一开小差，跳过什么内容，我马上就发现了，有时候看起来像是我在教课，她在努力跟上。

我们严格遵照这种模式上了六个月的课，我觉得我的尊严得到了维护，决定让我们的关系回归正常，最后我接受让她先教，我后学。夸张点儿说，她从灵魂深处感谢我，从此，她看我的眼神都是温柔的、善解人意的，无论我父母是否在场。我觉得她甚至开始爱我了。这会儿，我也没必要隐藏了：我也有点爱她了。也许是因为她看我的眼神那么温柔，而且那眼神是我独享的，将我的内心都融化了。那时候我才八岁，我的审美天赋——虽然后来我因此而成名——在那个年纪只停留在腿上，我觉得她腿部线条很美、很诱人。我这么做可能还不只是出于审美天赋。这大概是我第一次过早地被异性吸引，外在表现为偷偷地看她的美腿。我甚至梦到她的美腿了，但是在梦里我也只是表示仰慕和惊诧，没有更多的想法。现在回想起来，安东尼娅的胸很美，嘴唇很诱人。但是，八岁的我只迷恋她的美腿，没能分心去注意她其他的部位。

那场海难

住在卡普罗街的时候，我才开始感觉自己是大家族的一员。我的两个表兄弟，比我大几岁，也从塞罗拉尔戈省搬来蒙得维的亚市住了。起初他们和我姥爷哈维尔住在一起。后来，他们的父母也搬来首都了，也搬到了卡普罗街，离我们家才五个街区的距离。我的表姐罗莎尔芭，比我大三岁，住在卡内洛内斯，经常跟她妈妈，也就是我姨华金娜来看我们，我姨跟我爸关系处得很一般。"我可受不了你姐姐，"他总是跟我妈抱怨，"她很粗鲁，非常粗鲁，还傻不拉叽的。"我妈就总是求情："可她是我亲姐啊！"不可思议，这是唯一能打败我爸的论据。我爷爷文森左，住在布宜诺斯艾利斯，在那儿经营一个小商店，他经常过来看我们，他来蒙市就住我家。姥姥和奶奶我见得不多。我姥姥一直病着，从来不上街，我们也没必要去打扰她的安宁；我奶奶也住在布宜诺斯艾利斯，我爷爷来看我们的时候，她就守着他们位于卡巴依托的商店。

我爷爷文森左很有趣，和哈维尔姥爷很像，他们各有各的好玩。有一次，他跟我讲，他怎么从一次海难中逃生。我问他是不是因为他会游泳，"不，你怎么这么想呢，我跟鸟比跟鱼亲近，可事实是我也不会飞。"他这佛罗伦萨人的大笑声像钟声一般在院子里回荡。"那你最后怎么获救的？""很简单：我在热那亚没赶上轮船。我跑到港口的时候，船都开走半小时了，他妈的半小时整。我想让一艘小艇带我赶上蒸汽船（因为肉眼还能看得见它）。还好我运气不错，我没赶上。十天之后我才知道，这艘船在茫茫大西洋中沉没了，我非常自私地打开了小口大肚瓶的基安蒂红酒①庆祝了下。我知道不该这么做，得替别人想想，要是放在今天我可不会那么干了，但是当时我还年轻，还没学会虚伪。"说到这他又大笑起来。我反而没笑。我发现爷爷没读过埃迪蒙托·德·亚米契

---

① 基安蒂（Chianti）红酒特指在酒标上标注有"Chianti"字样的普通的葡萄酒，是意大利基安蒂地区的世界驰名的混酿红葡萄酒。——译注（本书注释均为译者注）

斯①写的《爱的教育》这本书，我视之为我的圣经，如果他也读过的话，就不会那么小心眼了，如果非得喝大瓶酒，也会很伤心地喝，甚至为淹死的人哭一鼻子。但是爷爷还是为自己奇迹般地脱险而感到庆幸，但这也没能让他跟教区的神父和好，他一辈子都是个无神论激进分子，跟上帝较劲，上帝在他眼中仿佛就是制造脱轨和海难的阴谋家。

---

① 埃迪蒙托·德·亚米契斯（Edmondo De Amicis，1846—1908），意大利因佩里亚人，儿童文学作家。代表作《爱的教育》，情感丰富并且文笔优美，多篇故事曾入选我国的小学教材。

我们的公园

我们在卡普罗街居住的房子有种奇怪的味道。我爸说，闻起来像茉莉花香；我妈说，闻起来像老鼠。他们的意见冲突可能造成了我好多年嗅觉的紊乱，很多年间，我都区分不出紫罗兰花和藏红花的气味，也区分不出洋葱散发的气味和呼吸的口气。

我对这个家还有两个深刻的记忆：一个是卡普罗公园，另一个是离家三个街区距离的力拓俱乐部的足球场。那时候，卡普罗公园像极了大盗电影中布置的场景，有假石、山洞、弯曲的小道和很多草地，总之是个仙境。他们总是不允许我一个人去玩，如果和表兄或者邻居家的同龄小孩一起，倒是可以。公园总是空无一人，最后这里成了我们的活动中心。

当我们穿梭在迷宫般的小路中，有时候会遇上流浪汉，要么醉醺醺的，要么倒地酣睡，但没有侵犯我们的意思，他们也习惯于看我们在公园里跑来跑去了。他们和我们在这月球般的景色中共存，他们的存在给我们的游戏带来一些危险的味道（尽管我们知道没啥危险）。我们一般分成两组进行肉搏，一组是我表兄丹尼尔和我邻居，另一组是我另一个表兄费尔南多和我。有时候其他街区的小屁孩也参与进来，但我们的叫喊声都只像歌声（这要提醒下，丹尼尔是向柯南道尔取经，费尔南多、诺贝尔托和我都在桑德坎[①]影响下学着做海盗）。休学期间，爸妈不允许我疯玩，但我还是忍不住玩得满身大汗，回家之前，我得做好预防措施以免被父母发现。开仗之前，我们都脱了衬衫，放在石头上，打完以后，我们都在一个喷泉那洗个澡，那水都有点发绿了，然后在太阳底下晒干了再穿上衬衫，丝毫看不出打斗的痕迹。我们到家的时候，衣冠整齐，神气活现，我妈总是问我："你没瞎跑吧，对吗？"为了印证我的回答，我的表兄就会肯定地说："没有，姨，我们玩儿的时候，克劳迪奥坐在旁边的长椅上，晒晒太阳。"

---

① 桑德坎是意大利作家埃米利奥·萨尔加里（Emilio Salgari）海盗小说中的主人公，19 世纪活跃在中国的南海地区，被称为"马来西亚之虎"。

飞艇和丹第①

卡普罗公园对我们来说有特别的吸引力，但旁边的小海滩，却遭我们嫌弃。那儿没多少沙子，还脏兮兮的，堆了一堆垃圾和罐头，一阵阵的海浪打来，带来了更多的垃圾和残渣，可能是海港内停过的船只留下的，这些东西把海滩搞得更脏了。

只有过一次，如此遭嫌弃的卡普罗海滩挤满了人和自行车，那是齐柏林伯爵号飞艇来的时候。这个像银色香肠的玩意儿，在天上一动不动，大人们都觉得太神奇了，简直像看

---

① 丹第是虚构的人物，是从丹第主义来的，丹第主义是一种特立独行的现代衣装风格，反对平庸。乌拉圭作家罗贝尔托·德·拉斯卡雷拉斯（Roberto de las Carreras）的绰号就是"丹第"，乌拉圭作家奥拉西奥·基罗加（Horacio Quiroga）就从一位"丹第"沦为了流浪汉。

魔术；对我们来说，却是稀松平常的。我们甚至认为大人们大惊小怪，真小儿科。所有的大人张大了嘴，朝天看，引得我们大笑，这笑声会传染，一路散播开去，变成了一群孩子的大笑。父辈和祖辈的大人们都觉得很没面子，于是，我们弱小的骨架上落下了雨点般的巴掌和掐捏。我们永远都不会忘记那天的屈辱。

然而，齐柏林伯爵号成了我们生命中发生重大转折的间接原因。那个扁平的、一动不动的气球，只吸引了我们十分钟的兴趣。我们无聊得打起哈欠来，慢慢离开了，在街上瞎逛，不知道去哪寻新欢。大人们还是目瞪口呆，仿佛被这个悬浮在空中的密闭的玩意儿催了眠。突然，我们发现，这天"我们不存在了"，我们处在世界的边缘，至少是大惊小怪的世界的边缘。我表兄丹尼尔说："我们自由了。"我们都意识到，他已经成了我们的发言人和头头。

我们不慌不忙，从各条小路退回了公园，根本没引起别人的注意。那些笨蛋大人，都还没从梦幻中醒过来，没人发出警示的呼声。我们很有默契，不需要商定集合的地点，大家都清楚，集合地点是一堆石头中间的一块空地，三四条小路都在那会合，那是我们玩耍、打闹、挑衅的中立地带。我们在那会合了，那次这地方还成了我们的秘密礼堂。

那次大人们偶然的漠视，加上来得那么容易、让人措手不及却那么明显的自由，我们已享受了半小时，这次我们得作出决定性的调整。这时候我们可没兴趣再玩耍，也没兴趣重复隐瞒浑身大汗的把戏了。就好像是有人把我们身上的单纯无知的外套一点点地剥离了，我们就像光着身子，面对一个新的未知的责任。

　　不知道是命运还是其他什么名字的东西，给我们预留了那天，让我们负起新的责任。我们默默地走过一条小路，这条路通向山洞。我们走得那么专心，几乎撞上了一个躺在那儿的人。他脸上的表情和肢体的僵硬都太能说明问题了。我们一看就知道这是个尸体，都没有叫法医来鉴定的必要。

　　"看哪，他是丹第。"我表兄费尔南多说。这位著名流浪汉给自己起了这名字，他是公园里的头头，往常都住在山洞里。他的称号可没听起来那么荒谬，虽然他的鞋子烂了，裤子撕碎了，衬衫漏着孔，外衣也破破烂烂，我们可从没见过他不戴领带（他可有两条呢：一条是红黑色斜纹的，一条是蓝色带褐色马蹄铁图案的）。"你说得对，确实是丹第。"丹尼尔也说道。我的邻居诺贝尔托靠近流浪汉的尸体，丹尼尔却拉住他。"别碰他，"他说，"如果警察发现我们的指纹，会认为是我们干的，你不懂吗？"诺贝尔托听话地往后退了，他认可丹尼尔是我们的头，也认可他的侦探知识，丹尼尔说这是从福尔摩斯那学的。这可拉开了他和我们其他人的距离，那时候，我们还只是看埃迪蒙托·德·亚米契斯或是萨尔加里①的书，他已痴迷于柯南道尔的作品。"记住我们发现他的时间，"丹尼尔说，"三点十分。"

随后，他拿来别人丢在石头上的报纸，盖在丹第的尸体上，用脚踩了好几下。最后一次踩得有点重，淌出了好大一摊血，已经干了。他拿着报纸，把破衬衫撩上去，看到了一个很大的伤口，看起来是用刀一样的东西割的。看到这些，我眼前一片昏暗，感觉要晕过去了，我壮了壮胆，慢慢恢复了镇定，最后说了句："那大衣呢?"丹尼尔微微嘲笑地看了我一眼，"大衣? 肯定是被凶手拿走了。"这个对我来说有点过了，光听到"凶手"这个词我感觉自己就要晕倒了，这次我真的晕了过去。后来我慢慢恢复知觉，感觉费尔南多用湿手帕在给我擦脸，心想：他是拿什么水浸湿这块手帕的。这时候，我看到了丹尼尔露出劝诫和嘲笑的目光，他还冲我说："哎，胆小鬼。"我觉得血涌到了脸上，便马上苏醒了。

当然，我们许下承诺，对这个"恐怖的发现"保守秘密

---

① 埃米利奥·萨尔加里（Emilio Salgari，1862—1911）是意大利动作冒险侠盗故事作家，也是科幻小说的先驱。

（至少丹尼尔是这么定义的，他是个犯罪学小专家，热衷于报纸上的血腥纪事专栏报道的犯罪事件）。大人们还在为飞艇啧啧称赞，我们抄小路回到了海滩，留在那，假装沉浸在惊讶中，其实远没那么惊讶，因为这样我们就可以制造不在场证明，和那具躺在我们"以往"集合点的尸体撇清了关系。我之所以说"以往"，道理很明显，以后我们再也不会约在那了。

天色越来越晚，人群渐渐散去。大人们才想起我们的存在。我记得我妈非常激动，搂着我的肩膀说："真美啊！你喜欢吗？"我假装对这气球挺感兴趣，然后我们慢慢走回家，好像什么都没发生，仿佛在我们的生活中从来没出现过这样一具尸体。

奇怪的是，媒体完全忽略了丹第的死。我们每天都查看报纸，听电台的广播，总是期待这样一个让人害怕的标题：《卡普罗公园凶杀案》。副标题："一个绰号是丹第的流浪汉于傍晚时分被杀害，一群未成年人是可能的嫌犯，利用齐柏林伯爵号飞艇吸引大量人群的时间作案。"发现尸体十天之后，我们四个在我家后院相聚，决定扫除这个不确定因素。我们必须回公园去看看丹第的尸体到底怎么样了。我们都同意，如果大家成群结队地去不大谨慎。我们应该派一个代表去视察下树林的空地。我们当然是抽签决定。"让上帝决定吧。"我邻居诺贝尔托说，他几乎每天都去教义问答会，是理查多神父最喜欢的孩子。他人生最大的目标是成为神父的助手。我们其他人的人生目标可大相径庭。可以猜到，丹尼尔想成为侦探，费尔南多想成为机械师（他更小的时候，常把机械师错说成"机窃师"）。我呢，想成为守门员，跟大球星马萨里的养侄子的梦想一样。最终确实是上帝的决定。他选了我。当天我就决定成为无神论者了。直至今日，我还没改变。这对我来说是沉重的打击。我不知道要是诺贝尔托或者费尔南多或者丹尼尔抽中了会怎么样。也许我对上帝的信仰会更加坚定，说不定成了大主教，或至少是主教。但是事实不是这样，我得坚持我的无神论，去现场考察一番。

第二天，我朝着危险的地方走去。他们三个留在了卡普罗街和华萨雷斯街的街角，等我的消息。我走向了"事发现场"（丹尼尔这么叫），鼓起了我所有的勇气，总共也不算太多。如果我走得不快，不是因为我不情不愿，而是因为腿在打颤，已经快控制不了了。我只有在上下楼梯的时候才能不抖，只要一到平地，我的不安就又开始了。我记得那是一个秋天的微凉的清晨，我却像在一月一样大汗淋漓。[1]

---

[1]　乌拉圭位于南半球，一月是夏季最热的月份。

最后我到了"林间空地"。一开始我还不敢相信自己的眼睛，丹第居然不在了。很奇怪，尸体的缺失让我镇静下来了。我仿佛被施了魔法，不再颤抖了。我还兴冲冲地跑来跑去，走了几条通往事发现场的小路，为了标榜我不可思议的勇气，我甚至进了丹第常年栖身的山洞，那里也没有这位流浪汉的影子，只有一个装可燃酒精的（空）瓶子。

当然，回去的时候我挺着胸脯。丹尼尔、费尔南多和诺贝尔托看到我回来了，迫不及待冲我跑过来。只消几分钟，我就让他们失望了，他们吃惊的表情让我觉得很遗憾。"尸体被转移了。"我故意用点文绉绉的词，显示自己也读过几本书。这个消息就像一桶凉水浇了下来。"你好好查看过了？"丹尼尔问。我也用他在我晕倒的时候瞥给我的带有劝诫和嘲笑意味的眼神，看了看他，还加上句："我都查过了。你知道吗，我还进了他住过的山洞里。""你进了山洞？"诺贝尔托崇拜地看着我。"当然了。"我不屑一顾地提及我的勇敢，"那里只剩下这个空瓶子。"他们轮流拿在手里看了看，最后又回到了我手上。没有人作出决定，他们默认我是瓶子的保管人。我们用我的手绢包着，只捏瓶口，因为害怕这瓶身有不是我们的也不是丹第的指纹。

然而，我们这么谨慎也没什么用。他们没有抓住凶手，媒体甚至连提都没提。我们好几次聚会都在讨论各种可能性。飞艇来的那天，我们发现的尸体真的是尸体吗？结论是，毫无疑问，那是具尸体。如果他没死的话，为什么再也没见他在日常出没的地方出现呢？如果确实是尸体，谁把他运走了呢？为什么媒体从来都不提这个凶杀案或称其为其他类型的案件？还有一点值得思考，在似节日般热闹的那天之后，其他的流浪汉也都消失了，这是为什么呢？他们知晓这件凶杀案就害怕了？我们唯一清楚的是，我们自己害怕了，自那次我去巡视现场之后，我们再也没去过那个"林间空地"了。后来，过了几个月，这件曾让我们如此激动、如此害怕的事，再也没人提了。但是在这几个月间，丹第的后脖子一直在我的噩梦中萦绕，最后终于消失了。两三年以后，我从广播听到一首探戈曲，歌词讲道："有时候我会无聊，就会想起丹第，那个流浪汉，在那个倒霉的周三，在卡普罗拉出了火。"我立刻把这几句记录下来，生怕会忘记，我再一次感到一种恐惧侵入身体，那不再是那年秋天的恐惧，而是那次恐惧的余烬。可能因为这个，我没打电话去电台问这首歌和歌者的名字。这事我谁也没告诉，后来再也没听到过这首歌，说实话，歌词写得也很一般。有一天，我翻着日历本，上面写着过去每天发生的事，飞艇来的那天真的是个周三！就这样，这首探戈的作者没有清楚地写明这个犯罪事实："拉出了火"是一个俚语，意思就是"死翘翘，死了"，可以指一个自然死亡。身侧有伤口，流出了一摊血的自然死亡？这事可以写篇文章了，题目叫作《探戈和造谣》。除非那个作者就是凶手（为什么不可能呢？），歌词是用来掩饰自己不在犯罪现场，给这个死亡蒙上一层蓄意的面纱。我知道，丹尼尔肯定会说："很明显，犯罪分子一般会回到犯罪现场，这首探戈曲（太明显了）就像是一次回访。"但是，我已没兴趣和别人讲这个事情了，就算有机会，我也没法再和丹尼尔讲了，因为这一年，丹尼尔跟他老爹老妈去美国旅游了。

勇敢的正反方

我已经说过，卡普罗有另外一个特色风景：力拓俱乐部的足球场。这是个很草根的机构（当时大概属于乙级球队），整个街区都支持他们。另外，他们还不止一次把场地免费借给其他更草根的球队，那些人甚至连球场都没有。这种时候（那些球队一般是周日上午比赛），比赛不收门票。有时候我们和老爹一起去，我老爹是捍卫者球队的温和粉丝，但是从来没鼓起热情去罗多公园看球赛。力拓球场离家近，他就看看这些不入流的球队踢球的糗样逗自己乐。

我还记得，一个少年守门员有个小动作。对方前锋的射门球力气很大、角度刁钻的时候，他就跳起来用头顶球，或者双手接球，四十来个观众给他雷鸣般的掌声。但是当球从高空落下来，他居然掀起自己的球衣，掀起衣服做成个兜，接住球。这个动作给他带来了荣誉，让对方球队很没面子，观众觉得很有趣。但有一次，他没接住。可能是球飞得太高了，掉下来的时候太猛了。这个守门员拉开衣服准备接球，球落下的力量太大，超越了他的炫耀技巧，落在了他两腿之间，不慌不忙地滚过了球门线。对方球队的前锋高兴地跳起来庆祝，大声欢笑。其他队员也捧腹大笑。守门员这边的队员都感到很丢脸，慢慢退到了球场中央。没人靠近去安慰他。他们把他一个人晾那儿了。我老爹忽然抓住我手臂说："你看——"他指着那个被攻陷的球门。我顺着那方向看去，那个可怜的守门员靠着一根门柱痛哭流涕。我们没法进去安慰他。球赛已经再次开始了。他用握着的拳头擦干了眼泪，又回到了他的位置上。他的英勇，他的表演欲都消失了。那天早上，对方又进了三个球：一个角球，一个罚球，最后一个不是因为对方攻入这方的门框，而是守门员自己运球失误的结果。这自然成了这位守门员的最后一场球赛，下周替代他的人比他粗鲁多了，但是至少不用再提醒他，用衣服接球是绝对禁止的。

属于自己的空间

　　在我们住过的所有的房子中，卡普罗街的这个房子第一次让我感觉像个"小世界"，我拥有了一个属于自己的空间。在这之前我都没享受过单人间。现在我住的房间，虽不能称为阁楼，但也是在其他房间的上面，得走上几个台阶才能到，有个窗正对着邻居家（诺贝尔托和他父母家）。两家中间有几棵树，上面栖息着各类鸟群。离我最近的是一棵无花果树，夏天的时候给我遮阴挡热，还能结无花果。偷吃果子的后果就是拉肚子，不过我可不是偷的，诺贝尔托允许（当然是他爸妈的允许）我敞开了吃。他那么大方地给我吃，可能是因为他看到无花果就反胃吧。而且，这棵巨大的、热情好客的无花果树是连接我俩的桥梁：我从它热情的臂膀上爬进诺贝尔托家，要不就是他爬到我房间。还有些时候，我俩都坐在树上。这棵树有两个粗枝丫，我们的屁股蛋老坐在上面，所以这是天工造物（这是那个小教徒诺贝尔托的解释，可不是我的）。我们在那谈天论地，特别喜欢讲足球。我们那会儿都是民族队的球迷（现在还是哦），而丹尼尔是佩那罗尔队的球迷，费尔南多是流浪者队的球迷，所以，他们仨在这方面是死对头。

我们经常讨论足球，但足球不是我们唯一的话题。我们还聊对父母的看法，夹杂着尊敬与怨恨的情感，因为他们老限制我们（活动范围啦，调皮程度啦，言语尺度啦），我们几乎每天都故意踩红线，被发现之后，当然是活该被母亲扇一顿耳光（父亲一般都是在情节特别恶劣的时候才出手）。最近我们总是聊丹第的事，他的死亡（我俩私下都不敢把这个叫作"凶杀案"）和他尸首消失的谜团。诺贝尔托说过几次，说这确实是"罪恶的身体"，他那么炫耀自己的勇敢，着实吓了我一跳。其他时候，我们偶尔也讲讲学校的事情，特别是那些让我们费解的事情，例如三次方程或是单性蚜虫。

我得澄清下，这时候我的老师不再是亲爱的安东尼娅·维克，而是跟着翁贝尔托·佛斯科先生学习，他的腿（他总是穿着长裤来我家，有一次我在波西托斯区看到他穿着沙滩裤）有很多毛，特别瘦，完全没法和之前女老师的腿相媲美，最近她总是出现在我梦中，而且（我得说明）出现在我梦中的不只是她的腿。安东尼娅·维克不是被开走的。我当然不会允许父母开走她。她辞掉工作只是因为发生了一件不幸的事情：她结婚了。我听她跟我妈妈说，她的未婚夫是个"特别靠谱的青年"，但是几周以后，安东尼娅把他带过来介绍给我们认识的时候，我觉得就是一个干瘦的、没有一丝亮点的小伙子。她说我看他的眼神都是带着仇恨的，为了缓和下气氛，她把手放在了我的肩上，对她现在的老公说："看，阿米尔加，这是我最好的学生哦。"（太过分了，他居然叫阿米尔加，这么难听的名字）佛斯科先生就这样被招来了：他得教我准备中学入学考试了。

这个房子很好看，也很有触感。断电也不再像过去那么频繁了，但有时候整个社区都会陷入黑暗。我爸妈会用手电筒，但是我更喜欢在黑暗里摸索着前进，用手摸来摸去，或者是光脚试探着走。摸摸这个家，触摸下它的墙、它的门、它的窗、它的闩，数数楼梯的级数，开开衣柜的门，这都是我拥有这所房子的方式。对我父母来说，这不过就是个租来的房子，我那时分不清租赁和所有，对我来说，卡普罗街的房子就是我的家。

它的气味也很奇特。我不是指厨房的味道，那里当然都是各种菜散发出的不同的味道，鸡胸啦、牛排啦、青豆啦、肉酱啦，我妈可是烹饪专家。不，我说的是这房子自身的味道，像是内院的黑瓷砖、白瓷砖散发的气味，门厅的大理石台阶，或者是贴木皮的桌子，或者是一面潮了的墙，或者是我开窗的时候无花果树的味道。所有这些气味汇成了一种复杂的味道，成了这座房子的香味。当我从街上回家，打开家门，一股特有的味道迎接我的到来，对我而言，这就是收复祖国的感觉啦。

彩色的梦

　　除了丹第之外，克劳迪奥在卡普罗区认识的最出名的人就是瞎子马特奥·里卡尔特了。那时马特奥二十三岁，街区里很多人都谈论他，认为他博学又聪明，尽管他缺点也不少，对人不和善，态度不好。他有个妹妹，比他小两三岁，大家也经常说起她，但动机可大不相同。

　　玛利亚·尤金尼娅简直是出奇地美。她也不像哪个出名的演员或是模特。四年前她被选为索里亚诺小姐，之后她再也不想继续比赛了，她觉得这些比赛都很冷漠。所有人都觉得，如果她想参加，她可以包揽各种奖杯，乌拉圭小姐，世界小姐，甚至银河系小姐，如果有这个比赛的话。她的曲线很完美，她的身高太理想了，她的脸简直可以被菲利皮诺·

利皮①选为他画中的一个童贞女。她的美让人窒息，卡普罗区没有一个男孩子敢向她献殷勤，但这也不影响几年后，当玛利亚·尤金尼娅和一个"外区人"（蒙得维的亚人，不过是科尔东区人）结婚的时候，大家都认为她之前不过是故作姿态。

但这都是后话了。克劳迪奥结识里卡尔特兄妹的时候，才十岁十一岁的样子。所以克劳迪奥去他们家做客时，玛利亚·尤金尼娅轻抚他总是乱糟糟的头发，或者以欧洲方式亲吻他的双颊，也没人觉得不妥。这成了诺贝尔托、费尔南多和丹尼尔的谈资，他们出于嫉妒而嘲笑他，酸溜溜地叫他"索里亚诺小姐的男友"。他也不争执，只是回一句："但愿如此。"

克劳迪奥的妈妈奥罗拉，有时会让克劳迪奥给里卡尔特兄妹送去特殊的甜品或是苹果蛋糕，克劳迪奥与玛利亚微笑着互相亲吻后，就会和马特奥聊两句。对克劳迪奥来说，这个瞎子很吸引人。他好奇马特奥如何与世界沟通。他大胆地问问题，瞎子也都回答，这些问题如果换作大人来问，瞎子肯定烦透了，或是充满鄙夷。

有一次他俩谈话时，这孩子问他是不是生来就是瞎子，

---

① 菲利皮诺·利皮（1406—1469）是意大利文艺复兴时期的画家。

马特奥说不是的，他十岁的时候，有一次视网膜脱落，没治好才变成这样了。"那你以前能看得见颜色啦。"克劳迪奥很高兴地跟他确认，"当然啦。""那记忆可以帮你想象现在围绕在你身边的东西啦。""可以也不可以。记忆也会消失。有时候我记得颜色的记忆，但记不住颜色本身了。你能记得你六岁的时候发生的所有的事情吗？你身上难道没发生过这种事：有时候你记得发生过一件事，但这不是你直接想起来的，是因为父母很多年间反复说这件事？最后，你就成了他人讲述的故事的主角，而不是你内心直接的感受，感到那次你是那件事的主角。"

克劳迪奥被说服了，他觉得瞎子很神秘也很迷人。他接着问："你有时候做梦吗？""是啊，经常做。""在梦里你看得见吗？""哎，我也不知道我是看见了还是我权当是看见了。""你会做彩色的梦吗？""不总是，有时候是。有时候我醒过来，感觉我梦到颜色了，但我说不出来是红、黄还是绿的。我梦到我看见了或是我认为我看到了，这种事情也不是很经常。最常见的还是我其他正常的感官介入了我的梦。也就是说，在梦中，我触到了东西，我尝到了东西，我听到了东西，我闻到了东西。"

还有几次，克劳迪奥问到他和世界沟通的方式，这可不是问他睡着的时候，而是问他清醒的时候。"差别没有那么大，"马特奥很有耐心地回答，"这种情况下，我的其他四个感官可以补充和协助我缺失的那个感官。就好像其他几个感官的功效加倍了。"

一般来说，瞎子让克劳迪奥告诉他玩游戏的细节，讲讲他家里的情况。但是这个孩子可不明白为什么他朋友对他的日常生活感兴趣，看得见的人不需要想象，但失明的人正好可以发挥他的聪明才智。他唯一觉得遗憾的事情是，马特奥不能欣赏他妹妹的美丽。

克劳迪奥几乎每晚都做梦。但是自从和马特奥进行了这次奇怪的对话之后，他开始做黑白的梦了。但他也觉得不错，最好的电影又不总是彩色的。

加拉尔萨家的人

我们在卡普罗的房子里有些密语和神秘的东西。例如，我发现，有时候，午休时间，我爸靠近我妈，偷偷抚摸她、亲吻她、拥抱她，我妈还微笑着还他几个吻，然后他俩就关着门在房间里待很长时间。另外一些时候，当我爸开始和我妈亲热的时候，我妈变严肃了，只回道："今天我不行，老头，今天加拉尔萨家的人来了。"对我来说，这简直是个谜，我整个上午都在家，也没看见谁来啊。也不知道谁姓这个姓。很多年之后，我才知道，加拉尔萨①是内战时一个红党将领的名字。据传，只要是他所经之处，洒鲜血是不可避免的。

---

① 巴勃罗·加拉尔萨（Pablo Galarza）是乌拉圭 19 世纪末至 20 世纪初的将军，红党是 1836 年成立的民族主义政党。乌拉圭政坛两大政治派别，分别用白色和红色命名区分。

我妈想跟我爸说的是（加密的，当然是因为我在场）她例假来了，所以没法进行云雨之事。

另外一个神秘之事是内屋里的一个陷阱门。有一次我听我妈说，这个木板是地下室的入口。他们禁止我打开它，其实这禁令也是多余的，我本来对地下室就有莫名的恐惧，从来不敢去打开它，哪怕进到这个房间里，也从来都不敢站在这块木板上。

在卡普罗的日子里，最美好的记忆里还有我的闹钟，一般来说，就是无花果树的住户。我妈叫我起床吃早饭的时候，小鸟早已把我叫醒好一会儿了。有几只鸟都不怕我了，大着胆子飞到我房间里，甚至飞到我床边，它们真是拎得清，我总是给它们留着面包屑当早餐呢。我房间还有一位不速之客，我可从来没告诉过我妈：一只小老鼠，一个小偷，每次我睁开双眼，它几乎都在我床边，等着吃剩下的奶酪块，我那时还在卧床恢复期，爸妈给我准备了特殊的配餐来补充我缺失的蛋白质。很明显，这段时间，小偷和我的蛋白质摄入量都达到了高峰。

市中心一游

　　卡普罗区，因为它在城市中处于一个特殊的位置，它已经不只是一个街区了，它是一个大区，一端的起点是同名街道，或是说在阿格拉西亚达大街上（总统以前就住那，后来的独裁者加布里埃尔·特拉也住过，他家在22路有轨车拐弯的地方），另一端是一个公园。这个区的影响力超过了它的行政区域，几乎触及米盖雷特小溪，实际上，这个区还涵盖有轨电车的总站。当年，这很常见。有轨电车和公交车不一样，它加快了街区内的交通或是扩大了街区的范围。公交车可以换路线，今天从这儿走，明天从那儿走，但是有轨电车的铁轨和集电杆是固定的，终点和路线也是固定的，是预先设计好的。对孩子来说，看着司机在这堆旧铁做成的玩意儿上进行加速减速操作，简直顶礼膜拜，尤其是让推杆一次次地反向转圈时，好像是它自己要转的一样。另外，电车上的座位很硬，但是给人安全的感觉。电车还有个优点：从来不翻车，汽车啦、出租车啦、卡车啦、马车啦，甚至公交车都会翻，当然公交车翻车可不常见。

对，卡普罗就是个大区，简直是个小共和国。所以那里的居民都乐意长期住在那，不愿意离开，不愿离开这个熟悉的环境，每个街角、每个商店、每个酒吧都好像是自己家的一个房间。

这种家一样的环境，影响着大人和小孩，克劳迪奥和他的朋友们都躲在这个区里。啊，有时候他们也出去，感觉跟出国一样。克劳迪奥时不时和他爸出去，在市中心待上一整个下午。

老爹很喜欢咖啡店，经常跟昔日的朋友和更早前的旧友在那儿相聚。更早前的旧友普遍比昔日朋友更穷些。老爹总是跟他们握手或拥抱，开开玩笑，谈谈克劳迪奥不知道的旧事。

例如他们说到布伦之死，是最近刚发生的事，就压低了声音，"因为谁也不知道邻桌坐的都是哪路神仙"，他们说的都对不上。有人说是他做了坏事，有人说是没办法了。"这个可怜人以为人民会在他一声令下会揭竿而起。"罗萨斯说，他是个冰箱工，"你说哪个人民？"门内德斯质疑道，他是个海关的公务员。"没人能鼓动这里的人民起义。""哈哈，"另外一个生气地说，"说得好像你起义了一样。""别扯了，"罗萨斯回答，"我也起义不了，谁也鼓动不了我，所以我才这么说，我可是有根有据的。"

另外一些时候，他们的中心话题是足球。阿尔瓦雷斯，年纪最大的那位，是个再老资格不过的球迷，亲眼见证了彭迪贝尼进球神萨莫拉的一球[①]，他觉得他这辈子完美了，剩下的日子无憾了（他剩下的日子本来也不多），仿佛见证了占领巴士底狱和攻占冬宫这些历史大事件一样。

有些人崇拜佩特龙，"他是明日黄花了。"阿尔瓦雷斯抗议道，他宁可聊最近的事。"彭迪贝尼给萨莫拉进的这球是国家的光荣历史，切[②]，就跟阿蒂加斯在石头城打败了西班牙人一样，对不？"佩特龙的球迷不认输："最近他身体抱恙，踢出点花样是很难的。我发誓，我看到他在一场球赛中向球门踢了二十次，其中十八个都飞上天了，但有两个对准了球门的，就进球了。你忘啦，他可是个炮手。""对，他是，但

[①] 彭迪贝尼（Piendibeni）是乌拉圭20世纪20年代佩纳罗尔（Peñarol）俱乐部的著名前锋，球神萨莫拉是西班牙传奇的守门员。

[②] 阿根廷和乌拉圭民间常用语气语，表示亲近。

37

是彭迪贝尼是……"这个球迷还不放弃。"你可别忘了，他在足球之外的功劳。24号那天，他们组织了场阿根廷对乌拉圭的球赛，纪念温贝托·德·萨波牙王储拜访拉普拉塔河时彭迪贝尼拒绝踢球的壮举，因为他是共和人士，不愿意给王国致敬，哪怕是意大利王国。你觉得怎么样？""我觉得怎么样？我爷爷是个共和人士但是没踢过一次球，有啥用。有人跟我说佩特龙有双神手，能做意大利卷饼，但我可没把这个说成体育上的优势。说话得严谨点，切。"诸如此类。

最后，朋友都走了，他们一起走过十八街，进书店逛逛，老爹总会买几本书。他挺爱读书的。当他需要买短裤或者领带的时候，或者要给克劳迪奥买毛衣的时候，就钻进"伦敦巴黎"店。自他结婚以来，只在这家店买东西，"因为那儿啥都有啊"。克劳迪奥看到商铺里和街上有那么多人来来往往，眼花缭乱。市中心的孩子跟卡普罗的孩子比，看起来更自由，更像散养的。当然也有过分的事，有人互相拉扯头发。克劳迪奥看着他们，像发生在自己身上一样，脖子一阵疼，他可太清楚这种小酷刑的滋味了，因为妈妈是小暴政专家。

街上还有狗，很多狗，都很有教养，它们在街角和人们一起等着红绿灯过马路。这里的狗和卡普罗的狗唯一相像的地方是它们对树的态度。克劳迪奥从词典上学到："狗是肉食性的哺乳动物，是家养的，形体大小、形状和毛发多少根据种类各有不同，但是尾巴总是绕在左边，长度稍短于后腿。公狗抬一条腿来撒尿。"他还会试图从撒尿姿势上区分公狗和母狗，后来他都可以被称为专家了。但是猫呢，他可搞不清，在字典里连唧唧都没提（他想说喵），他放弃分辨公猫和母猫，他分不清公猫叫和母猫叫。

到家的时候有点晚了，但还是晚饭时间，妈妈让他们详细描述下逛街的经历。"让他给你说吧。"老爹说，他有点累了，克劳迪奥呢，还跟新鲜的生菜一样神采奕奕，讲述了所有的经过，非常详细，非常快乐，非常浓墨重彩，仿佛卡洛斯·索雷（著名体育记者）给了他灵感，样子像极了在百年体育场报道球赛，而足球场事先被分成了几块做好了编号，听来好像卡帕布兰卡对阿廖欣的国际象棋赛一样。①

---

① 二十世纪二三十年代的世界棋王，前者是古巴人，后者是苏联人，1927 年在布宜诺斯艾利斯争夺世界冠军。

坏消息

一天下午，只有我和老爹在家，他在厨房叫我名字。我那会儿没有作业也没有玩具，觉得有点无聊，但是五分钟以后，我的无聊就彻底完结了。老爹跟往常一样，坐着喝马黛茶。"坐下吧。"他命令我说。我坐在他指给我的长凳上，就开始问他这么仪式化地叫我干啥。我做了什么坏事，老爹这么严肃？

"克劳迪奥。"他开始说，我更加担心了，他可很少喊我的名字。一般他只叫我"小屁孩"。"我有个坏消息。"我咽了口唾沫，右腿开始打颤了。"你可不是小孩了，我得跟你直说，哪怕是伤心的事。"我很吃惊，我爸，我亲爸把我从童年里直接赶出来了。谁都看得出我是个孩子，都不用看我的身份证上的出生年月就知道。

　　消息原地爆炸了："尽管你看不出来，你母亲病得很严重。"在体会到了病重的程度之前，我从他话中听到了异样：一般来说他说"你妈"，不说"你母亲"。总之，我的右膝不打颤了。我已经没了这股轻浮劲儿。有一阵我屏住了呼吸。不是主动而为，而是不能呼吸了。我觉得肺里充满的气体就要爆炸了，但是呼不出去。最后我呼了出去，终于能开口问他："她会死吗？"老爹低声地说，眼睛突然要哭了似的："对，她要死了。"我鼓起了勇气问，她自己知不知道。"不知道，她只知道自己病得很重。她觉得能治好。医生和我也这么对她说。"

　　我觉得很冷，一种奇怪的、没道理的冷，因为现在是秋天，我们这儿最好的季节，但是这种冷恰恰好让我感受到滚烫的眼泪从冰冷的脸颊上滑下。我觉得该做点什么，于是从长凳上起身，走向老爹。他终于把马黛茶放在了桌上，紧紧地抱住了我，抱了很长一会儿。这又是一个新鲜事，老爹从来不显露他的感情，也很少拥抱我。

　　他抱着我的时候，我感到他在哭，我记得他哭的节奏和我不一样。我还记得他衬衣口袋里的打火机弄疼了我的肩膀，当然我什么都没说。他松开我的时候，我看到他手上有块非常白的手绢，好像刚买的一样，他用它擦了擦眼睛，也擦干了我的眼睛，甚至还给我擤鼻涕，像我三四岁的时候一样。"我只求你一件事，"他说，"她不知道你知道她病得这么严重。你还是像往常一样对她，我知道这有点难。"

两个小时以后，当妈妈和埃莲娜回家的时候，老爹和我已经恢复平静了，或者说是戴上了平静的面具。然而，可能是因为我知道了真相，我才第一次发现妈妈脸色苍白，很瘦弱，眼神很疲惫。我靠近她，给了她一个吻。"你怎么了？"她问，很吃惊。"因为我们很想你。"她虚弱地笑了下，不相信我的话。我觉得我不是个好演员。在院子深处，我看到老爹躲在阴影里。这时候，不知道为什么，我突然意识到，好几个月以来，妈妈都不跟老爹说加拉尔萨家的人来了。我猜这些人都去旅游了。

无花果树上的女孩（一）

只要一有机会，我就上阁楼待着。我需要一个人待着，思考问题。我在上面待了很长时间，迷惘地坐在床上，盯着（但没看见）无花果树。孤儿，我要成孤儿了。我有一种奇怪的感觉，悲伤和被抛弃的感觉（十二岁的时候没了妈可不是小事），但也有一种进入新阶段的感觉。我的朋友里没有孤儿。我成了第一个。我的妹妹也成了孤儿，但她太小了，觉察不到。我哭了一会儿，不知道是因为妈妈被宣布快去世了，还是因为我即将成为孤儿这件事。

这时候，有人说："你怎么了？为什么哭啊？"我发现有人在监视我，侵犯了我的隐私。无花果树上有个陌生小女孩。我问她叫什么名字，她说叫丽塔，诺贝尔托的表姐。她大概比我大一两岁。她慢慢地沿着树枝爬到我的窗口，进入了我的房间。我在泪花之中看到她还挺漂亮的，眼神很温柔，她的手表指着三点十分。

她一只手放到了我的肩膀上，问我怎么了。"我妈要死了。"我说，表现得比我实际的感觉还要难受。"所有人都会死的。"丽塔如此宣判。"但她马上就要走了。"我还补充说，"这是个秘密。没人知道。别跟诺贝尔托说，不然的话，整个街区都会知道，从牧师那开始散播。""别担心。我可不会告诉任何人的。你看，我连忏悔师都没有。"最后这句话让我相信了她。

她坐在床上，靠在我的旁边。"你要哭就哭，别不好意思。哭是好事，能让你排毒。我们女人活得比男人长，就是因为我们哭得多。"她的智慧让我很吃惊。我立刻想到：我老爹从来不哭，我妈妈正相反，她排了很多毒，结果却比他死得早。我没跟她讲我的推理，我不想让她难堪。

她向我伸出手（手指柔软的、细细的，有点凉），抚摸我的挂着泪的湿湿的脸颊，然后这只手将我的脑袋轻轻推向了她胸口。我觉得很舒服，感到安慰。一种奇怪的祥和（不是静止的，是动态的）侵入了我。那只让人安静的手慢慢地抚摸着我的太阳穴、嘴唇、下巴。这时候，我简直到了云里了，我的悲伤都烟消云散了，但是我依稀明白，我的悲痛成了一笔不错的投资，就继续表达我的伤痛。

丽塔就用行动让我的童年告一段落，这次是真的：她吻了我。在脸颊上，在嘴角的地方，并且停留了一会儿。我印象中这是我第一次感受到幸福。"你喜欢我吗？克劳迪奥？"她说，"诺贝尔托总是说你很好。你是他最好的朋友。""你也可以成为我的朋友吗？""当然了，我现在就是啊。但是我明天就走了。"也就是说，天堂后面就是地狱了。"你去哪儿？""去科尔多瓦，阿根廷。我住在那儿。""你会回来吗？""应该不会了吧。"我也在她脸颊上吻了下，接近嘴角的地方，她笑了，笑得真灿烂。我觉得她喜欢我这样做。我有一种新的冲动，英雄般的欢乐。当然这个显然还不是性冲动，原因很明显，这只是一种够不上色情的感觉。但是这种感觉要比昔日安东尼娅给我带来的感觉更加浓烈。

丽塔站了起来，走向窗口，在无花果树的树枝间晃动了几下，回到了诺贝尔托家的院子里，在下面挥手跟我道别。我只能看着她，心里很难过。

再见和永不见

离去的人带走了他的记忆，带走了他成为河流的方式，成为空气的方式，成为再见和永不见的方式。

——罗萨里奥·卡斯特亚诺斯[①]

妈妈的临终阶段拖了六个月，比医生预计的长了两个月。我从来都不知道她得的是什么病，也不想调查。守灵的时候，有人说是癌症，但是这对于我来说，也没什么意义。事实是她像残烛一样慢慢熄灭了。起初她还坚持一定要做点

[①] 罗萨里奥·卡斯特亚诺斯（Rosario Castellanos，1925—1974）是墨西哥著名的诗人和作家。

家务，很轻的家务，但是后来她长时间卧床，不读书也不听广播了。多数时候她都闭着眼睛，但是没睡着。埃莲娜会踮着脚尖去床边，但妈妈总是能觉察出来，问她几个问题，妹妹每次都对妈妈的安静很吃惊，因为妈妈只能用单音节词来回答她。最后她都会说："埃莲娜，走吧，妈妈累了。"

我有时也走到床边，她伤心地看着我，但很少哭。她跟我讲些不痛不痒的话题，例如："你得帮帮你爸爸。他一个人照料家很不容易。你帮帮他，直到我好起来，行吗？"或者是："别不用功学习。学习是最重要的。"她用这种方式让我们相信她不知道自己大限将至。最后的六个月内，出于怜悯，我们玩了欺骗对方的游戏。

我表妹罗莎尔芭和我姨华金娜经常来陪伴我妈，但她们的滔滔不绝和八卦新闻让我妈更累了，我爸只能跟她们和家里的其他亲戚讲，请她们别待那么长时间，因为每次她们到访后，我妈都筋疲力尽，医生也建议让她安静些。华金娜阿姨觉得是我老爹挑衅她（他俩关系从来都不好），她和我表妹罗莎尔芭最后都不来了。

有时候我姥爷哈维尔也来看望她（老爹可不敢把他列入黑名单），怀着好意给她讲笑话（他脑子里的笑话无穷无尽），但病人只是没兴致地笑了笑，尽一下最后的孝心。

妈妈是一个周日去世的，下午三点十分。一周前她就不再说话了，当她睁开眼睛，也不知道她是看着谁或看着什么，或者只是告诉我们她还活着。死之前，她也没说出一句让家人记忆深刻的句子，也没留下一句最后的有力的忠告，只是慢慢停止了呼吸。

这是我生命中第二次见到尸体。第一次是丹第的。很奇怪，当诺贝尔托、丹尼尔和费尔南多在守灵的地方出现的时候，丹第的名字出现了，很长时间以来（好像避讳这个）我们都没提了。当然妈妈在棺材里的脸和丹第的脸太不一样了。她还是那么安详，好像终于能休息了，很惬意，但是丹第死时的脸色很难看。老爹请他兄弟、我叔叔埃德蒙多代为操办守灵、葬礼和下葬，他自己则关在了厨房喝马黛茶。谁也不想见。

小埃莲娜在家里走来走去，好像悲伤的小灵魂，我就把她带到阁楼上，跟她说些严肃的话题，也不都是关于死亡的。她才八岁，还很迷惘，看着妈妈静止的形象，聋了也哑了。"小埃莲娜，"我摸摸她，跟她说，"这就是死亡：完全不动了，完全聋了，完全瞎了。不思考了，也不做梦了。""能感觉痛吗？"她哭着问。我都被她感动了："不，感觉不到痛了。"一开始，她好像满意了，但是她突然看到了无花果树。

"你看，克劳迪奥，无花果树不会动，听不见，看不见，不说话，不思考，不做梦，感觉不到疼，但是它还活着，对吗?[①]可能妈妈跟无花果树一样。"我总是一个失败者，我只能跟她说："无花果树不是一个人。它遵循其他的规律。"讲到规律，她听不懂，觉得大概很厉害，幸好她不说话了。

---

① 这段话是致敬拉美著名诗人鲁文·达里奥的诗歌《致命的》。

茉莉斯卡说西语

我知道老爹每天都在写日记，但我再好奇也从来不敢去翻任何一页，这几本日记的封面总是贴着"草稿"的标签。他在里面写什么呢？我没法知道，但自从妈妈病重以来，老爹就不写了，把日记本收起来锁上了。

下葬后的第二天，爸爸终于卸下了厨房重任，重新回到家庭生活中。那天，也就是六个月前，他聘了一位四十来岁的南斯拉夫女人来，叫作茉莉斯卡，她负责家里所有的家务，她的勇猛劲儿可以干更崇高的事业。她对我和小埃莲娜很严肃，讲一口简单的西语，名词的阴阳性总是搞错，听起来还挺幽默。她要教训我们时，她的武器总是这么句话："要是你们母亲看见你们穿这么脏的衬衫，她会怎么说。"但我妈已经不在了。

茱莉斯卡是斯拉夫移民潮中的一员，他们从贫困和战乱中逃脱，三十年代乘船到了蒙得维的亚市。上岸之后，他们就坐在马路旁，等着蒙市主妇挑选，聘他们去家里做家政。在来的路途中，他们学了些基础的西语，其实就是几个单词，他们就随便乱用，也不害臊。看到妈妈病重，我们一个邻居大妈主动提出去港口给我们选来了茱莉斯卡，事实证明她选得不错。她长得就是农村妇女的样子，健康、强壮，总是把头发梳成几个发髻，固定在脖子后面（我一直都不知道她怎么弄的）。

妈妈在生命中的最后几周，很讨厌嘈杂的声音。因此，家里一直很安静。直到妈妈去世几周之后，还是那样。我们所有人都慢慢地小声说话。那是一种压缩的、坚不可摧的安静。这像是一种口头服丧，最后我觉得要窒息了。有时候，小埃莲娜爬上我的阁楼，关上门，和家里暂时隔开，我俩终于舒了口气，像以前那样说话。

奇怪的是谁也没下令让大家安静（除了妈妈在弥留之际），但是我们都遵从这一做法。直到有一天下午（多云、阴冷），老爹下班回来，召集大家在厨房开会（厨房就像他的办公室），他对我们说："不要再低声细语了。从今天起，在这个家里，我们跟正常人一样说话。"茉莉斯卡是第一个兴高采烈地遵守这个指令的人："真是好息消啊！"[1]她几乎喊起来了："我可是烦了这个静安。"这时候，云彩飘走了，阳光遍布整个院子。

在口头服丧的这六个月中，我通过了中学入学考试（正如所料，人家都去祝贺佛斯科先生，而不是祝贺我），我进入位于斯艾拉街的米兰达中学上学了。我年纪比班里的其他同学大（一岁或者不到一岁），因为我有过一段病假康复期，错过了一段课程。但是我和同学的差别不是很明显，那时候这种事情很常见。

我还加入了篮球队，我得承认我打得很不好，但是我成功参加了在体育广场举办的运动会的开幕式，就在阿瓜达教堂的对面。我跑了四百米，赢了"兔子"阿隆索，超了他好几米，他可是学校里排名第一的运动员、女生崇拜的偶像。比完以后，女生们没来祝贺我，而是围住他去安慰他。这是我人生中第一次遭遇社会不公。"兔子"可没服气，第二年，为求世界和平，我让他在八百米赛跑中赢了我（只是让他赢了半个头）。从那时候起，我们就成了好朋友，好几次我让他

---

[1] 茉莉斯卡把阴性名词消息说成阳性名词，汉语无法体现，因此只能颠倒两个字，下文类似的地方也是如此处理。

抄我的答卷，特别是数学考试。

当我和诺贝尔托（他去了圣家学校）、丹尼尔（进了埃尔比奥·费尔南德斯学校）或是费尔南多（成了法国学校的学生）再见面的时候，我们都不谈学习，只谈足球。有时候我们一起去体育场看比赛，一场比赛能让我们饶有兴致地谈论一周。有一次诺贝尔托攀上无花果树，爬进我房间，我觉得是时候问问他的表姐了。"什么表姐？""丽塔。""我没有表姐啊。""你没有个表姐叫丽塔？住在阿根廷的科尔多瓦？""我跟你说没有了，你从哪听来的瞎话？我没有表姐！连表哥都没有，你明天或者后天可别给我编一个。"

我不记得我又说了什么去解释我的理由，但那话题就只能不了了之了，无法解释，只有无花果树是见证人。谁能比我自己更清楚，丽塔是真实存在过的有血有肉的女孩？我可不是在梦里见到她的。而且她还吻了我，鬼魂不会吻人吧，难道会吗？

街区的聚会

我害怕的事情发生了：我老爹又开始说要搬家了。当然，卡普罗的家没有妈妈确实不一样了。但是，无论如何，那都是我的家。怎么才能找到有无花果树伸到窗户的房间？卡普罗也是我的街区。我的朋友们、公园、力拓足球场都在这。只有茱莉斯卡支持我："为什么要家搬？这个区街很美。你们去哪找这么好的子房？又大，又便宜，还有五个间房。"但是老爹想搬走。他说家里每个角落都让他想起妈妈，他想一次性结束这种病态的哀痛。我很吃惊，他说病态。他想过新生活，他还说："我不仅要换房子，我还要换街区。"我觉得没什么希望了，但还是做了最后的努力："你难道不想念厨房和马黛茶吗？""马黛茶我带走，厨房哪个房子都有。"

当事情看起来真要发生了，我才不得不相信，开始做我的道别仪式，跟街区、跟街道，跟我的朋友们道别。周六我去了力拓足球场，主场和凤凰队比，这两队是邻居。比赛太经典了。这两群人夜夜在一起泡酒吧、玩牌、喝啤酒和加柠檬的格拉帕酒、欢声大笑庆祝成功和进球，在球场上却是专注和坚定地互相厌恶，甚至会发生冲撞，总是会有劝架的人出现，这人躲不开一些巴掌，但他总是提醒大家是志同道合的。然后，两队对手勉强握手言和，平和的气氛基本会持续到下半场。

那天下午，力拓队与凤凰队咬得很紧，有两次进球比较特别。第一次是"载入史册的进球"（《日报》的体育评论员这么定义，这是唯一一家负责详细报道低等级赛事的媒体），由尼阿朵进的，他晃过了对方七八个球员，面对着守门员，左脚踢出了非同寻常的一脚，球撞在了门柱上，门晃动了很久，趁守门员完全迷茫的时候，他又轻推一脚，球擦着左门柱进去了（仿佛擦了凡士林，这是讲解员说的）。一分钟之后，凤凰队开始反击，他们队的中锋被"狼人"像斧劈一样砍倒，摔在了裁判鼻子底下的禁区里，裁判只能鸣哨了，并且立刻指向了决定命运的一个点。凤凰队的炮手，是罚球高手，百发百中，他以完美的弧形曲线踢出一球，但是力拓的守门员，虽然是个预备球员中的新手，飞起来截住这个曲线，用喉咙挡住了球，他发出了一声奇怪的叫声，一般是人在恐惧时才会发出的声音。离终场还有七分钟了，力拓的球迷冲进了球场，最后大家只能干等了一刻钟，才能继续进行这最后一小段时间的比赛。幸好力拓的球员控球控得不错，这个新手守门员，因球员无法控制的热情而跛了脚，还差点儿成了独眼龙。这对守门员来说可不是好事。在其他类似的比赛场，教练早把他换下去了，但这个周日，力拓队没有教练（他老婆头胎生产），也没有替补守门员，那位替补得了风疹，当时流行这个病。唯一的办法就是努力让凤凰队贪婪的前锋没法靠近力拓的球门，最后他们做到了，前锋也确实没能靠近。

整个街区胜利的狂欢持续到了凌晨，在卡普罗的酒吧和周边，啤酒、红酒甚至果酒都卖疯了，都是因为这个胜利球队俱乐部的合伙人之一、一位土豪在这儿请了几轮。

作为压轴剧，半夜的时候，刚喜得贵子的教练出现了，醉醺醺的，在大街中央张开了双臂，在大笑、打嗝和喷嚏中高声喊："是儿子，是儿子！"这么多喜事堆在一起，这个土豪合伙人没辙，只能继续请一轮，这轮他请了香槟。

作为我个人的离别会，那天的活动还真是不赖。那次我自己去了球场看比赛，没跟我老爹一起，他还没准备好让情绪激动，我回到家已经很晚了。一周前，我有了自己的钥匙，我可以悄悄进家门，无声地潜入我的房间。另外，香槟（我也喝了两杯）的酒劲儿都渗到我头发里了，我把一级台阶看成两级，我没摔在楼梯上是因为上帝和/或力拓都太伟大了。

第二天只有茱莉斯卡察觉出了我的狂欢，"您晚上到很晚"。她边做早饭边跟我低语。老爹已经喝上了他的马黛茶，听到了她的话（妈妈总说老爹的耳朵是"肺结核病人的耳朵——灵得很"），他的嘴含着马黛茶吸管，做了个笑脸，"我猜是力拓赢了。真可怕。"我头还在疼，我简短地告诉了他昨天比赛的情况（进球啦、罚球啦）还有后面庆祝的情况，自然略去了我喝酒的事。我看他听了挺高兴的。尽管他精神上是捍卫者的球迷，他的心还是向着本街区的，站在力拓队这边。

公园荒芜了

后来，我出门上街了。时间还早，昨晚的大派对之后，所有人还在家宿醉沉睡。而且，今天还是周日。我想去和公园告个别。清风微凉，把我吹醒了。一想到昨晚的香槟，我就一阵反胃恶心，我走了三四个街区，才开始觉得好受些。

公园荒芜了。自丹第的事件和我的侦察之后，我还没回去过，现在得和它告别了。单独和它告别，没有其他人在。从我搬来卡普罗区开始，这公园在我心中有非常重要的地位。我在这儿不知跑了多少遍，打了多少仗。我们最常躲起来的地方，现在都铺满了干叶子，还有长苔藓的地方可以看见可能是露水或是清晨小雨留下的水滴。突然，在树木的叶子间穿入一束束断断续续的阳光。这个时候，看着这突如其来的美景，我的嗓子哽咽了，但这不是香槟的作用。

我感觉到有些东西要完结了，当我老爹交给我家门钥匙的时候，我的童年也就结束了。我坐在一个小山丘的草坪上。地上很潮湿，阴冷穿透了我的裤子，我穿着短裤，但也没起身。我特矫情（现在我是这么觉得，可那个周日我可没这么想），我感到这潮湿的环境或是苔藓上的水滴就是公园的眼泪，是它跟我告别的特殊方式。公园和我的童年一起融化在了一个画面里，画里有味道、气味、感觉、声音。几只麻雀沿着自己的路线跳着，可不总是和我的路线一致。它们停下来看看我，有时候还停在我的绿球鞋边，但没有要威胁我的意思。那里还有蜜蜂，它们可是叫我揪心，有一次我被蜇了，脸肿了三天，像个球一样。我对付它们唯一的办法就是待着不动。它们飞到我的前臂上，立在上面，仔细检查之后就飞走了，去寻找更合适的土壤了。这会儿我才敢动，麻雀也惊恐地散去了。它们大概以为我是棵树，每天（哪怕是麻雀的世界）都能学到点新的。

接下来的半个小时，公园和我哭着说了再见：它，用它慢慢蒸发的露水；我，用我的几滴很快就干掉的眼泪。突然我觉得我像亚米契斯书里的一个人物，幻术终结了。我不是任何人描写的人物。我走回了街上，成了另外一个人，也就是我自己。

我在家附近遇上了费尔南多。我告诉他，我老爹想搬家了，很快我们要离开这儿了。他的回答让我大吃一惊："我们也要走了。可能要搬去梅洛。""那学校怎么办？""不知道。还没决定呢。有可能把我留给我一个舅舅照看。""丹尼尔呢？""他想留下来，我也是，你也知道，这些事都是大人说了算。"

丹尼尔也在我家旁出现了，他是来找我的。以前，他是个很自信的人，像个侦探那样博学多才，现在也变得灰头土脸，神情懊丧。对他们来说，卡普罗也是他们大号的家。"我们以后怎么保持联系？"费尔南多问。"总会有办法的。"我说。但最后也没找到办法。当我们离开了卡普罗、公园、力拓球场和丹第事件，我们也放下了我们的友谊。很多年以后，我和丹尼尔再次相遇的时候，一切都不一样了。那时我们都长高了二十厘米，他戴了眼镜，我留了胡子；他和费尔南多吵翻了，很长时间没联系了。我已经念完了书，他（读完了侦探小说）成了公证员，他的父母离婚了。费尔南多成了足球裁判。很奇怪的是，我和他们都没有回卡普罗去，连回去怀旧的想法也没有了，就好像我们封冻了我们的怀旧感，再也不敢用新的现实去讨好它了。

但这些都是后来的事了。那个周日的清晨，我们仍坚信，我们创造和享受的这个独特的世界还会保护我们，将我们联结在一起。费尔南多和丹尼尔也和我一样，父母给了他们家里的钥匙，但也恰好在这时，我们都要搬离这里的家，这里的家会对我们关上门，把我们丢给上帝的恩惠（或是唾弃）。

再会了

对克劳迪奥来说，跟马特奥道别比跟公园道别困难多了。这个盲人总是把他当成比实际年龄大五岁的孩子跟他聊天；可能因为他只能从对方的声音、急切的问题和躁动的好奇中来判断年纪。克劳迪奥与他的对话比在家里的对话高一个层次，比他在街区的生活也高一个层次，他更加全神贯注，肢体也不由自主地变化，总是伸着脖子，仿佛这样他能将瞎子的话听得更明白、理解得很好。

毫无疑问，马特奥接受的文化教育和接收的信息在他这个年纪很少见。他父母的经济条件挺不错（他们在杜拉斯诺有收成不错的农田，由他们两个善于经营的侄子照管，确保了丰厚的回报），对他提出的任何文化产品和用品的购买需求都予以满足。他读盲文的速度简直惊人,他有一架非常棒的唱片机和一台可以收很多短波的收音机。他说英语、法语,时常听 BBC 和法国短波电台来练习语言。

"你要离开我们了?"马特奥伤心的口气不是装的。他习惯了和常来这儿的这位机灵的男孩聊天,这男孩正因为机灵,也很脆弱。他多么想继续给他传递疑问和答复,这样才能给这个孩子接下来的年岁形成一种保护,因为他不能清楚地看到这孩子今后的发展了(确切地说是想象不到)。

"他们要带你去哪住?""卡雷塔斯海峡,在监狱旁边。""你别老看监狱。这种封闭的、充满禁忌的地方总是很有吸引力。在卡雷塔斯海峡有灯塔呢,还是多观察它吧。哪天你来告诉我它照亮哪里,它是怎么点亮的。我们瞎子,因为看不见墙(也不去碰它),我们发现或是我们假想其他形式的自由,我们比明眼人有更多的时间想这个。我们的怀旧也不是中性的。例如现在,你跟我说你要搬去的新家的街区,我没兴趣想象监狱的墙,但是我很想看看(不只是想象)灯塔断断续续的光。"

马特奥说话的时候总是晃动手指,有时还按压手指。克劳迪奥直接问他,为什么总是晃动手指,根本没意识到这么做不大合适。"玛利亚·尤金尼娅也总问我相同的问题,我不知道怎么回答她。有时候我是有意识这么做，有时候是无意识。也许这是我在环境里存在的方式，在空气里定位的方式。我晃手指的时候很好笑吗？""不，我不是觉得好笑才问的。"他赶紧解释，但脸已涨得像西红柿那样通红，"我只是注意到了，以为是一种沟通的语言，我没看明白。""你看，我从你的声音中听出你的脸颊都红了。"克劳迪奥脸更加红了。"你不用为任何问题而脸红，如果问题是真心的话。一般情况下只有答复才值得羞愧，因为人们的回答总有些言不由衷：想的是一个，说的是另一个。这也是我们的特权之一：我们瞎子很容易判断虚伪。虚伪的人可以用表情、眼神、眨眼来掩盖，在一个无能的对话人面前，他们有一种虚假的真诚的光环。而我们从声音中就能听出虚伪来了，声音没有办法粉饰，其中的谎言无处隐藏。"

克劳迪奥沉默了，低下了头，紧紧攥住拳头，然后说："你有没有发现哪次我跟你说谎，或是我没有说全部的事实？"马特奥大笑起来："别担心。你是个诚实的孩子，纯洁、善良，所以我喜欢跟你聊天。"克劳迪奥抬起了头，松开了拳头，但他的朋友补充道："只有那么一次，你没那么真诚。你没撒谎，只是没把整个事实告诉我。那次你跟我说丹第的事，你们在公园发现了他，他真的睡着了吗？"

克劳迪奥的声音沙哑了："不，他死了。我没跟你说，不是因为我不信任你，是因为我们四个发誓不能跟任何人说。""好吧，那你为什么又跟我说了呢？""因为我知道你不会跟人说啊。""呵呵，太复杂了。但是，你没跟我说全部的事实。""嗯，我不对。""可能最好的办法是不告诉我。遮遮掩掩的真相就是遮遮掩掩的谎言。但你别在意了，已经过去了，而且我也没跟人说。"

这时候电灯闪了下，通常八点整电灯都会眨下眼。"已经八点了吧？"马特奥说。克劳迪奥选择不再惊讶了，只是简单地说："对，我得走了。我来不是告别的。这只是一个暂时的再见。我会再来看你的。"

"那么，下次见啦。"马特奥说，好像在嘲笑自己。

相处不来

事实上，我老爹在工作上的新变动（他被任命为波西托斯街区一家不错的酒店的经理）决定了我们家的下一个目的地。我们搬到了卡雷塔斯海峡的阿利奥斯托街，就在监狱旁边。这个地段不招人待见，这里的房租也便宜。此外，这房子挺大的，老爹为了节省开支，决定把冲着街的一个房间转租给其他人，这房间的设计也正适合出租，有一个小阳台和独立卫生间。

老爹面试了几个候选人，都没看上，最后他选了一个建筑系高年级的女学生。她叫娜塔莉亚，是个智利人，有个男友（或是类似的身份，茉莉斯卡的毒舌如此定义），是她同系的同学，每天都来这儿跟她一起学习。

从一开始，茱莉斯卡和娜塔莉亚就处不来，这个南斯拉夫女人挑明了，不给她打扫厕所和浴室，也不给她做饭。当娜塔莉亚进厨房（她完全有权利进）来做饭的时候，茱莉斯卡就退到她自己的房间，在那儿待到对方离开为止。面对这些冲突，老爹从不插手，保持中立，但是茱莉斯卡试图把我掺和进来，每天都跟我说娜塔莉亚的八卦新闻。"她不是个经正女孩。太不经正了。这男友也不是经正男友，只是个公的。您会看到她会孕怀的。"茱莉斯卡总是这么说话，总是把阴阳性搞混，对我老爹、我妹妹和我来说，这成了家庭方言的一部分了，但是娜塔莉亚总是笑弯了腰，藏也藏不住。之后，当安立奎，她把他叫作吉克，也就是她男友来的时候，娜塔莉亚总是学舌说话，男友的大笑声都传到监狱去了。尽管茱莉斯卡不知道他们在笑什么，也想不到他们是在笑她说话的方式（她心底里认为她说的可是字典上纯正的西语），但听着他们的笑声也让她不自在，据她说他们是"粗俗的混账"。

"好买卖"

　　监狱的另外一边，准确说是在索拉诺·加西亚街上，住着我的姥爷哈维尔和我姥姥多洛雷斯，她是长年卧床的病人。他们家挺简陋的，在教堂（圣心圣母大教堂）的后门和一家店铺之间，这家店铺是很有名的"好买卖"煤球店，在这里，罗西格纳、莫雷蒂和其他关押人员曾越狱成功，秘诀就是从煤球店底下挖到监狱的地道。[①]

　　我每次去看姥姥姥爷都玩得不错。教堂的后面有个封闭的院子。一道砖墙把它与街道隔开，还有高高的铁丝网，把它与我姥爷姥姥家隔开。牧师们在这儿收僧袍，周日在十一

[①]　这几位关押在监狱的人员是阿根廷的无政府主义者，他们的同伴开办一间煤球店，挖了通向监狱的地道，1931 年 3 月，协助他们越狱成功。

点的弥撒过后，他们在这儿和社区的青年踢足球，这些青年本来是去教堂忏悔和领圣餐的，看来他们去教堂的目的不像是去与耶稣的身体同质化，更像是去与他们的牧师和精神导师踢足球的，另外（这个细节不能轻视），这些牧师是足球的主人。

看着他们踢足球，我心想，这些牧师也得忏悔，因为他们边踢球边骂骂咧咧，说了些不像福音的话，甚至对阻止神职人员前进的、亵渎神灵的对方队员拳打脚踢，严重犯规。牧师队总是赢，反正也本应该让他们赢，但是街区的伙伴们喜欢看他们暴怒和专断的样子。有时候，最大胆的一个会跟后卫神父说："记住啦，神父，您得送上另外一边脸。"神父满头大汗地回答道："另外一边脸可以，笨蛋，但不是另外一条腿。如果你再踢我一次，我就让你出局，罚你念十遍圣父颂和二十遍圣母颂。"

然而，我姥爷讲的无政府主义者逃亡的故事更加好玩（比姥姥的那个好玩）。"你姥姥，耳朵很灵，还失眠，晚上听到隔壁店铺传来奇怪的声音，她总是说：这些人可不是煤炭工人，也不是其他什么人。我说，我可是亲眼看到他们卖煤球呢。她说，他们卖煤球跟卖大白菜似的。他们有个机器，晚上在印钞票。你自己会看到的。她坚信自己的说法。远处一辆卡车开过来，'好买卖'店员就往卡车上装一袋又一袋的东西，你姥姥说，你不觉得这家店有点奇怪吗？他们店从来不进货，而是往外拉货。这些袋子里装的可能是假钞，就是他们晚上用机器印的，吵得我睡不着。我可不认同，我觉得这些是周日分派到各家的煤球袋子。她说，这是唯一一家周日还派送煤球的店。你没注意到卡车只是周日才来吗？当然，后来就水落石出了，这些袋子装的不是假钞，是真的泥土，是挖隧道挖出来的土。"

姥爷给我讲了一遍又一遍，但每次故事都有些变动。到后来，姥姥的版本、他的想象和事实全部搅到了一起。但可以确信的一点是，他亲眼看到这群人从煤球店的后门出去，上了一辆在后街等着他们的车，也就是胡安金·努涅斯街，比每个周日停车的地点更靠前一些。他看到这些人鱼贯而出，没有带任何的行李，他很吃惊，但是逃亡者自然有匆忙的理由。

姥姥没有改变她的假钞理论。"估计是犯人。"她承认，"我没必要否认，他们大概带上了这几个月印出来的假钞逃跑了。他们肯定逃去巴黎了，在女神游乐厅里享乐呢，花着从这儿印出来的假钞。"对姥姥来说，巴黎和女神游乐厅就是最高级别的地方了，没有更高的了，她想象不出这些犯人能跑去比这个人间天堂更加辉煌的地方了。"那么长时间关禁闭，我能想象这些可怜人有多么渴望看到女人的大腿啊。如果是法国女人，那就更棒了。"她近视的眼睛充满了怀念，"我还很年轻的时候，克罗琳达阿姨，有点疯癫但是挺热情的，总是说我有法国女人那样的腿。不只她这么说，镜子也这么说哦。"

姥姥的病是一种奇怪的、让人痛苦的风湿，但很明显，这不影响她说话，她不停地说啊说。煤球店的事情让她在五年间有了滔滔不绝的资本。当姥爷给她看当天的报纸，上面报道了越狱事件，以及这些越狱犯人与警察对峙的消息，她反倒是靠讽刺找回面子："哈维尔，你总是跟我说，报纸会骗人，会诽谤、歪曲事实。为什么现在你信了他们的鬼话呢？他们这么说是因为如果承认这些犯人跑到巴黎去了，正在看康康舞，用法国法郎一样的货币在支付服务，他们会很丢脸。你看，要不是我跛脚，我还想跟他们一起去呢。这些人真是有魄力，可不像你，坐定在这儿了，一辈子窝在这街区里了。"姥爷不说话了，克制了自己，我发现他正在想的事：无论如何，他老婆虽然每天只是从沙发移动到床上，或是反过来移动，她还梦想着过四处游荡的生活，真是符合逻辑啊。

然而，他们以自己的方式爱着对方，这点我很确定。姥爷肯定愿意用自己十年的生命去换姥姥的康复，让她可以出门去放松下，哪怕到不了女神游乐厅，到十八街上看看狂欢节也好。

过往的人

自从住到了卡雷塔斯海峡，老爹去上班比以前近了，但我离米兰达学校可远了。我得乘两辆公交车，或是一辆公交加一趟有轨电车，因此，除了下雨天或是大风天，我都更愿意走路回家。我从西耶拉街、杰克森街、西班牙大道、9 月21 号大街、艾耀丽街走到监狱，那就是我倒霉的目的地啦。

我之前都住在卡普罗区里面，现在需要走长路，还挺享受的，我时常走不同的路线，有时候我还从十八街穿过。这种时候，我总是在一个街角逗留，迟迟不走，观察来回的行人，有人行色匆匆，有人神色凝重，这对我来说是好玩的事，是一种探索。随着我在这匆忙人群中的孤寂慢慢消逝，我用脑子记下了他们的特点和癖好。女人们，被橱窗和最新的时尚吸引，痴迷地站在那，一定是在背尺寸、颜色、款式、价格，然后突然四散离开，因为她们总是快要迟到了。男人们，更加坚定或更为糊涂，当他们要买东西，总是直接进入商店或文具店，错过了橱窗的魅力，也不在降价商品上浪费时间。

街上还有好多学生，有男有女，特别是快走到大学的时候。他们总是成群结队，男孩围着女孩，女孩们互相挎着手臂，让自己感觉更强大，用嘲讽和假装聊天来回击那些男孩的奉承话和挤眉弄眼。路人有时候会面面相觑，看着这些轻浮的年轻人面露厌恶，每个人都因这厌恶而团结了起来，期望别在这群让人尴尬的小孩里碰到自己的儿子或女儿，这群孩子真是太闹腾了。

从我的观察点，也就是随便哪个街角（一般我都选在十八街和加博托街的交叉口），我慢慢地学会了人类行为的细节，我这种乳臭未干的性格，最爱这种全景视野。这段时间我读了很多书，特别是小说。我早就不看德·亚米契斯、凡尔纳、萨尔加里了，现在我在雨果、狄更斯或者陀思妥耶夫斯基笔下的人物和我在灰色的蒙市看到的路人之间找区别。

有一段时间，我热衷于对比文学中的流浪汉和现实中的流浪汉，但蒙市的乞丐不多。最后我找到了一个，他没了腿。一天下午，我在那计算，几个小时内，他大约能收入多少钱。

然后假设他工作时间加倍，乘以二，然后乘以三十，算出月收入，结论还挺惊人的，他比我爸挣得还多，我爸可是一家高档酒店的经理。当天晚上我就跟我爸说了，更让我吃惊的是，他也没羡慕人家。只是简单地说："我和你那乞丐的根本区别不在于每天或每月挣多少，而是我至少有两条腿：虽然有静脉曲张和毛囊炎，但我还有腿。你觉得这不算什么？"不，我不觉得这个不算什么。我的乞丐都不能和雨果小说里的乞丐相对比。很明显，我们的国家太年轻，还不发达，也没有"奇迹之殿"①。随着国家的发展，也许会慢慢产生本地的乞丐吧。

有的下午，我会改变下路线，从阿格拉西亚达街、龙德乌街走到卡甘查广场，这个地方对我来说是不可分割的独特形象，总在我记忆中浮现。在1928年阿姆斯特丹奥运会上，乌拉圭第二次获得男足世界冠军，全国人民都心系比赛。乌拉圭和意大利比赛的那天，老爹叫我去卡甘查广场。《公正报》的大黑板上列出了比赛的细节："加油，乌拉圭""意大利给了个角球""意大利进球""乌拉圭队激烈回应"，等等。大雨倾盆，成百上千的伞在广场上撑起来成了一个挡雨

①　奇迹之殿原文是法语 Cour des miracles，指的是来自农村地区的失业移民居住的法国巴黎的贫民区。

的天花板。我那时候是个小孩（五六岁吧），但也忘不了那种感觉，在那样的保护伞下，我时刻保持警惕，不让伞上的雨滴到我的鞋上，不过这么警惕也没用，最后我们全身都湿透了。最后，乌拉圭以 3 比 2 赢了。我却着了凉，在接下来的四十八小时内发了高烧。

但那是 1928 年了。现在这条街上可没那么多大事件，吸引人的只有女人们，特别是到春天的时候。只要初春一来，她们的衣服就越来越少了：先是大衣和风衣，接着是外套和毛衣，然后长袖换短袖，最后没袖子了，没袜子了（真是美腿的盛会啊！）有人甚至露出了美丽后背的一部分。

皮肤的突然暴露（新鲜的、娇嫩的皮肤，一开始颜色还很浅，后来随着海滩季节的到来，颜色就越来越深）让我很心动。奇怪的是，比起青春期的女学生，穿着制服的、干干净净的服务员更吸引我，中午她们离开大街上的店铺，午休一个小时，去三十三人广场的咖啡店或是长椅上休息，边聊天边吃从家里带来的小吃。她们的表情和窃窃私语与学生不一样，原因很多，其中之一是她们单位里不是男女混处的（一般来说，店里面女员工多于男员工）。

我从来不敢跟她们攀谈或是问她们什么（得考虑到她们可比我大至少十岁，而且我也不是勇敢的孩子），光看着她们我就很享受了。另外，我羡慕她们是因为她们有工作有收入，在我的档案里还差这两条。再说，我也不是看中了其中的某一个，而是被她们一群人吸引了。

在我的印象中，从学校穿过大街小巷回家的记忆意味着我发现了自由。这不算什么大发现，我拥有的自由也不多。聊胜于无吧。我每天可以花两个小时甚至四个小时在路上闲逛。谁也不问我为什么晚回家，连茱莉斯卡也不问。因为老爹回来得更晚，我得等他一起吃晚饭。茱莉斯卡总是给我们做她的家乡菜，我们已经习惯了这种异国烹饪。老爹每晚例行公事，问我的学习，我也用大概的数字来应付他，尽量避免谈到那些可能引起他担心，或使他产生有责任担心我的想法。

娜塔莉亚和吉克从来不和我们一起吃饭。我记得只有一次例外：一次年末，茱莉斯卡没在（她去石头城和她唯一的亲人们迎接 1939 年了），娜塔莉亚做了一道土豆疙瘩，美味极了，吉克带来了甜点和红酒，老爹开了香槟，我们五个人过得还挺愉快的。只是到了最后老爹建议为了妈妈干杯，因为这事，小埃莲娜睡觉前还哭了一场，准备迎接新年的第一场梦。

有时候，下午我会去我老爹工作的酒店待着。酒店离兰布拉大街只有两个街区，有个小花园，里面长满了很古老的树。老爹在那儿成了另外一个人：话多、有效率、有些小权威。他知道怎么招呼客人，客人一般都是布宜诺斯艾利斯人。看得出来，员工都挺尊敬他的，甚至可以说都挺敬重他的。我，作为领导的儿子，当然也受益了，服务员、清洁工和电话员对我都很亲切，要他们屈尊对我好，刚满十五岁的我可消受不起。

有时周末我就待在那儿，在树下读读书，靠在我最喜欢的一株南洋杉上。从海滩吹来咸咸的海风，夹杂着老松树的香味，给我带来了一种奇特的舒适感。我大口地呼吸。有时候，我把书放一旁，一动也不动地听着鸟叫声和兰布拉大街上的汽车鸣笛声。

我和最年轻的一位服务员成了朋友，他叫罗森多，他最擅长的事情就是开玩笑。例如有一次，一个阿根廷军人，年逾古稀，已经退休，聋得像一堵墙。他很早起床，下楼到餐厅吃早饭。罗森多跑去，带着真诚的微笑给他服务，将军总是千篇一律地问天气如何，"煎肉排加炸薯条。"这个滑头就这么回答，另外那位就非常满意，说："那我再去加件披肩。"如果聋子说："孩子，请叫服务员今晚给我加个枕头。"罗森多总是很严肃地问："您要什么样的？将军。紫甜菜还是芦笋?""更软的那个。"对方这么回答，很感激，还给他挺多小费，罗森多照单全收，丝毫没有内疚感。当然，我老爹从来都不知道这些小伎俩。我可是很多次亲眼见到他这种奇异的对话，我敢肯定罗森多的表演天赋简直是专业的。一年之后，看到他加入了戏剧社，我也没感到吃惊。

首字母

一天下午，在酒店的花园里，我发现在一棵松树的树干上，用小刀或是铅笔刀刻出的两个字母，A 和 A，画在一个心形图案里，心画得很勉强，我开始想象这些首字母代表什么，哪对小情侣刻下了这些字母。刻字看来很旧，仿佛无数的雨水已反复洗刷了它。

这座旧楼，在成为酒店之前，是一个很舒服的富人府邸。也许这两个首字母是那时候刻上的。我想象第一个 A 是阿雷塞尼欧，第二个 A 是阿祖塞娜。我给他们俩定义为秘密情侣，或者是被禁止恋爱的对象，如堂兄妹，还有一种情况：阿雷塞尼欧是家里最小的儿子，阿祖塞娜是一个年轻温柔的仆人，最后怀了孕，就被开除了，阿雷塞尼欧感到很绝望，他还小，还不知道社会阶层的区别。也可能阿雷塞尼欧是司机，阿祖塞娜是这家的女儿，这种情况她应该没怀孕，因为司机可不想逾越社会阶层（他可知道避孕措施），他也很清楚所谓的强暴未成年人可能带来的惩罚。

这两个重复的字母也有可能只是寂寞的表现，像一种模糊的镜子，或者阿雷塞尼欧和阿雷塞尼欧，或阿祖塞娜和阿祖塞娜，有人本想在这展示他的伴侣，却发现只有他自己，或她自己，所以想象了一首田园诗，仿佛是感情的草稿，带有享乐主义的欢愉，但却是忧伤的，孤独的快乐总是这样的。A 还是所有字母的起点，是源头，占据第一位。字母的重复是一种坚持、一种迷恋，或是对邻近起源的怀念，对信任他人平行身份的怀念，甚至把它们放进了同一颗心中，以椭圆形划定这唯一的世界，也许是划定唯一的爱？

您看，当时我陷入了浪漫的符号学的解读不能自拔。首先，这是我看了一堆杂七杂八小说的后果。其次呢，这是我和班上同学聊天的结果，他叫佩里克，他被精神分析迷了心窍（他叔叔有三重身份：医生、心理医生和精神分析师），他不满足于弗洛伊德和其信徒的大众化的符号，时不时加入自己的研究成果。我得承认，他那么坚持让我觉得无聊，但多少也给我留下了一些影响，我觉得把它们用到在松树干上无意中看到的首字母也挺好的。

　　佩里克还有其他的才能，例如，他能解读掌纹，能根据喝剩下的咖啡残渍占卜。有一天下午，我和他在索利斯剧院对面的土皮咖啡馆相遇，他看我的咖啡快喝完了，就把我杯子要了过去，看完了之后就将杯子倒立过来。然后，他仔细看了下咖啡的残渣。"你可别真信我的占卜，"他笑着说，"我自己也不把这个当回事。我只是喜欢谜语和解密。"他又盯着看了一会儿，我觉得没啥意义。"你知道我看到什么了吗？一个女人和一棵树。"我谦和地接受了他的预言，我自己这么解释，要是有那么回事，那大概是丽塔和无花果树。

我的第二个伯爵

第二次世界大战开战后几个月，在大西洋海域，英国三艘舰船（分别叫作阿贾克斯、阿基里斯、埃克塞特）和德国主战舰斯佩伯爵海军上将号之间爆发了一场激战，这艘受损的德国军舰躲入蒙得维的亚港进行维修和补给。

这艘令人生畏的巡洋舰的意外到来，改变了人们的日常生活。这是我们第一次与战争接触。那天下午，很多商铺决定提前关门，不仅是因为员工想去港口探探，连老板和经理们也都不想错过这个不同寻常之事。还有很多人建议去给这受伤的无敌舰船拍照。一门主课的老师跟我们说："以后这可少不了要被用作有效的色情诱饵。""色情？"我们像一大团精致的珊瑚一样发问，"当然了，我的孩子们，你们还有很多要学的啊，你们难道没注意到，从那条蓝色的双桅帆船到这条军舰，不都是'每队十门炮'中的阳具象征吗？"①

我们只能同意，一起出发去看这个大新闻。港口挤满了人。我们在那儿待了好一会儿，看着一艘汽艇载着海军官员和士兵不断在船和岸之间来来回回。很奇怪，从岸上到船上时，这汽艇总是更轻。后来，因为人来人往，熙熙攘攘，我们就分散了。我在那看了两个小时。可惜我没有望远镜，看不清那些人脸上的表情，实际上，他们以后的生活就从这败仗开始了。我隐约看到有人脸上带着放松的表情，但我也不确定。

这么多人，来来往往，非常嘈杂，这艘伤心的、被侮辱的、动不了的，但还是非常威武的军舰成了一个戏剧性的存在，成为一个突然来到我们身边的一场遥远战争即将终结的通告。"它会不会把城炸了？"一个乐观的人问道。"那你觉得为啥我们在山上建了个堡垒呢？"一个可笑的人反驳道，但是无人回应。

但是最后这军舰没轰炸我们。人们觉得有点无聊了，就慢慢散去了。在我们这种地方，人们很快就会对一件事习以

---

① 这几句话是《海盗之歌》中的片段，由西班牙浪漫主义作家何塞·德·埃斯普隆赛达（José de Espronceda）所作。

为常。对这些德国战舰居然也是如此。一个戴贝雷帽的胖子走了过来，我认得出他是个记者，他手里拿着纸和笔，开始采访一个有教授气质的瘦高个儿："老师，我能问您一个小问题吗？从诗学层面，您怎么定义这个装甲舰？"被采访的人可没缄默："这可能是德国人创造出的'莫比·迪克[①]。"记者很迷惘，但也不好意思问谁是莫比·迪克。

我从林孔街走向马特里兹广场的时候，就在想，这是我第二个伯爵，齐柏林和斯佩的出现间隔了八年，一个是空中的伯爵，一个是水里的伯爵。我只差认识个火里的了。

当时我还没有想到，没过几秒这水里的伯爵就会变成火里的了。当我穿过广场的时候，听到了一声爆炸的巨响。我感觉整个老城区都颤抖了，甚至感觉诺伽罗酒店的墙都害怕地缩起来了。舰长作出决定，炸毁了军舰，作为他自焚的序曲。一天后，在布宜诺斯艾利斯的一个酒店里，他裹着一面旗子自焚了，那可不是纳粹的旗子，是帝国的旧旗子。

之后不久，德国海军们埋葬了在这场与英国的交战中不幸逝去的同仁们。在这之前，在蒙市民众困惑的目光下，他

---

① 《白鲸记》为赫尔曼·梅尔维尔（Herman Melville）发表于 1851 年的小说，被认为是美国最伟大的长篇小说之一，描写了一头叫作莫比·迪克（Moby-Dick）的白色抹香鲸。

们走上街头游行，唱起《我有一个好战友》，一首为牺牲的士兵唱的传统德国歌曲（对于这两个冤家对头来说，在蒙市的北区墓地举行的悼念仪式上，英国部长米灵顿·德雷克居然西装革履地出席了，实在让双方都很吃惊）。

我从一个角落里看见他们经过。我身边有一个年轻人，带着外国口音说道："太假了。别看他们一脸天使般的慈祥，我对他们可是太了解了。"他跟我说他是犹太人，父母在世界大战爆发前就在集中营被害了。多亏了他父亲的朋友、一位牧师救了他，他才活了下来。

"在这些蓝色的眼睛和真诚的脸颊后面，可能藏着无法想象的仇恨。"我跟他说，人和人不一样，这些人还只是孩子，不可能有杀人的潜力。"谁都没有杀人的潜力，但是一个疯子，一个有幻觉的人，会把他的疯癫和痴狂传染给他们。这类疯子最危险的特性之一是隐匿的种族至上论。最优秀的人会发掘内心的这些倾向（因为所有人都有），并且摧毁掉、清理掉、摘除掉这想法，仿佛它是个毒瘤。但是另外一些人，其实是最无能的、最傻的、最蠢的，却兴高采烈地去滋养它，只有这样，他们才觉得安全。"

游行结束了。这位激烈批判德国军人的老兄用目光跟我道了别，穿过马路离开了。我钻进了一家咖啡馆。今天下午发生了太多事。到最后，我的第二个伯爵比第一个要肮脏。第一个只是留下了丹第的尸体，今天下午的这个，仅仅在人群中一瞥就让人恐怖。

在这几个钟头的紧张情势下，传出了谣言：德国人在棺材里藏了武器。几年以后我才知道，当天晚上，几个乌拉圭年轻人进入了墓地，破坏了刚埋下去的棺材，为了核实里面是不是真的藏了武器。但他们只找到了刚过世的尸体。

可怜的罪人

在卡普罗的小伙伴里，唯一一个我偶尔还见面的就是诺贝尔托。有一次我们见面的时候，我问起我的无花果树，问他是不是还顺着树爬进我以前的房间。"你疯啦，"他说，"现在里面住着一些让人无法忍受的老女人，三个老剩女，也可能是寡妇，谁在乎，她们把你住过的阁楼塞满了陈旧的发臭的玩意儿，成捆的旧报纸，还用两把锁把窗户锁上了，就好像我要偷她们的破烂一样。你的无花果树好像很悲伤，它伸着枝叶仿佛在窗口找你呢。"我对他诗意的描述表示了感谢，心里很高兴，无花果树还惦记着我。

诺贝尔托跟我说，我们的街区大变样了。公园已经被市政府遗弃了，在离街区不远的地方，建起了好几座工厂，人文景观发生了变化，社区丧失了私密性。力拓球场的草长期没人剪，简直成了草原，旁边新开了好几家酒吧，来招待新来的街坊们。

诺贝尔托跟我讲了他个人的危机。他跟神父理查多疏远了，因为神父对他做了件恶心的事。事情是这样的，一个周六的晚上，他和一些新朋友，去一家名为"沼泽"的妓院，这次经历让他不大舒服。一周以后，跟理查多神父忏悔的时候，他承认了自己的罪过（就跟我姥姥多洛雷斯说的一样，每个浅滩有它自己的捕鱼人）。神父罚他念无数遍的"我的父""圣母玛利亚"（这个可怜的忏悔人祈祷了整整两个小时），神父转身就去告诉了诺贝尔托的爸爸，他爸立即采取了两个极端的措施：取消了他的钥匙所有权，并且狠狠地给了他一顿耳光，他的下巴脱臼了好几个小时。他还解释说，第一巴掌是为了惩罚他去妓院（"他还太小"），第二巴掌是为了教训他去把这种事情告诉神父理查多（"他是有名的公众人物，还特别喜欢打听性丑闻"）。

对诺贝尔托来说，比他爸的一顿暴揍更让他心痛的是他明白了，至少对于理查多而言，他的秘密忏悔是毫无用处的。因此，他作了一个决定，大胆地钻进了忏悔室，当他确定栅栏后面坐着的是他的敌人时，他爆出了一长串的指责和诅咒，骂了很长时间，相当长时间，这位被骂扁了的神父感受到了地狱的火燎。这些责骂最终以响亮的劝告结束："现在好了，你这个讨厌的告密者，你去告诉我老爹，说我他妈再不想理你了。"但是神父却觉得过意不去，沉默不语了。

今日是我的初次

周日茱莉斯卡一般都休息，去石头城看看亲戚。我从来没见过她家人，由于这位南斯拉夫女人的语言问题，我从来也没闹明白她去看的到底是表兄还是表姐、侄子还是侄女。另外，老爹周日一般带上小埃莲娜去酒店，她在那认识了同龄的朋友（领班的女儿），和她一起玩。娜塔莉亚和安立奎呢，如果天气合适，他们就去海滩待一天。所以，整个夏天的周日，家里只剩我一人，这个家成了我的专属。其实对我来说也没有多少特殊意义，除非这是自由的象征，这个自由可跟在街上的自由不一样。

一个周日，我去了特里斯坦纳尔瓦哈的跳蚤市场。我从来不买东西（也没钱买），但我挺喜欢混在人群里，听听人们尖酸的或奇特的谈话，翻翻二手书（或许是十手了）。

中午我回到家，想吃个午饭。茱莉斯卡走之前，在冰箱里给我们留了美味的午饭。我进了厨房，但是吓了一跳。娜塔莉亚，站在燃气炉灶旁，慢慢地用一把长木勺子顺时针方向搅动着锅。她穿着一件宽松的短衬衫，衬衫是透明薄纱质地，也就是说，什么都能看见，或是什么都能想象到。她还赤着脚，更突显了她的裸体。

"对不起，"我惊愕地说，"我以为家里没人。""没关系，"她说，看着我很局促，她挺有乐趣，"我也以为我一个人在家。"她做了个表情，但我本能觉得这是一个开始：她关了炉子。我还是在厨房门口没动。她向我走来，我感觉她是来拯救我的。"我俩单独在家里呢，你发现了吗？"我当然发现了。"今天那个南斯拉夫人休息（她和她男友总那么叫茱莉斯卡），你爸和小埃莲娜要晚上才回来。安立奎要回派桑杜①去解决些家庭问题。"我点点头，这么多好消息让我一时难以承受。

她抓住我的手臂，把我拉进她房间。她拉上窗帘，然后严肃地看着我："小克劳迪奥，你是不是从来没单独跟一个女人在一起过？"（我傻傻地注意到了她的发音，说女人的时

---

① 派桑杜（Paysandú）是乌拉圭西部边境城市。

候，说成了女冷，因为她是智利人。）"在一起？"我结结巴巴地说。"你可别装傻，你知道我要问什么。""不，从来没有过。""你想让我教你吗？"我的羞涩也是有限的，我说："想。"她解开了我衬衫的两个扣子，把手伸进去，抚摸了我的肩膀和脖子，拉近我，给我嘴唇来了个快速的吻。然后她站起来，脱掉了她的衬衣。

娜塔莉亚当时二十五岁，从我十六岁的眼睛里看，她像个情场老手（当然事情都是相对的），但是她光着身子的时候，露出了她修长的舞者般的腿，长着红色毛发的私处，挑战意味十足的胸部，突然她就变成了没有年纪的人了：涅瑞伊得斯、青春的女神、没有尾巴的人鱼，我也不知道了。在我人生这么关键的时候，我可不想追忆古希腊罗马的神话了。

"干吗呢？你就一直这样了？你要我帮你脱裤子吗？已经三点十分啦。我们是不是得好好利用剩下的时间啊？"最后，我也光着了（最痛苦的是脱鞋子和袜子），我的勃起是那么明显，她没笑话我，估计是怕刺激我，或是害怕我会害羞，但我看到她眼睛在笑。

事实上，这种时候，没有什么能扫我的兴了。随后，在床上，她温柔地、缓慢地开始教我第一课。我感觉我是个好学生，她对我的学习表示很满意。"就跟洗礼一般，我跟你保证，你非常棒，小克劳迪奥，你会让你的女人们幸福的，你会看到的。"

但现在幸福的人是我。太幸福了，以至于十分钟以后，我又回去找她请她教我第二课。"现在？""现在。""我不知道原来你报的是强化课程。好吧，这是最后一节课。你别忘了，我是吉克的，他才是我的男人。""那我们做的呢？""我们做的首先是因为互助。在智利，我们都很团结。很久以前我就发现你需要这个。为了教教你，明白吗？今天才有机会，上帝把我俩单独留在这儿了。上帝也希望我们犯错，只要我们犯得开心，他也可以开心地原谅我们。而且，有的罪过是丑恶的，有的是极其美丽的。我们犯的错不是美极了吗？你不觉得吗？"我问她是不是天主教徒。"当然啦，但是我是自由派天主教徒，我们叫作'自由职业者'。我和上帝直接沟通，不需要通过神父这样的中介，他们还得跟你收善款，叫你念经。"

第二次的罪过比第一次还要好。我有了点经验。然后我就亲热地看着她，她板起了脸："哎，小克劳迪奥，别爱上我，你得答应我。但我可以继续做你的朋友。"我盯着她眼睛问："你不喜欢我做的？""当然啦，我觉得不错因为我喜欢你。如果不是这样，我才不会跟你做这些。但是你别忘了：

我爱安立奎。""你会跟他睡觉？""当然了。赶紧穿衣服回你房间吧，如果这时候南斯拉夫女人回来（估计还太早，她还回不来），她肯定会告我毒害未成年人。"

回到我的床上，这么多激情后，突然一下子放松，我一会儿就睡着了。最后我想的是：我可不像诺贝尔托，我可没有神父去忏悔。可是那个理查多神父，他在自己的生活中从不犯错吗？

后来我又想，娜塔莉亚肯定和安立奎说了我和她的事。更过分的是，他还赞同她的做法。我这么认为，因为自从那个难忘的日子之后，安立奎总是给我一些奇怪又复杂的微笑，里面带着过度理解、嘲笑似的父权感，再加上一味调料，大概意思就是："嘁，小毛孩，你可别忘了，我才是那个身体的主人。"不幸的是，我没法忘。

慢慢地我才习惯和娜塔莉亚恢复单纯朋友的关系。就这样，我还经常梦到她，当然了，结果床单遭了殃。茱莉斯卡的评论才无情："您怎么总是把单床弄得很脏啊？提个建议，最好去找女妓。"我赶紧纠正她："哎，茱莉斯卡，你是想说妓女吧。""您懂的。"

茱莉斯卡有点道理。但是我对找妓女不感兴趣。与娜塔莉亚的第一次那么美好，我不想用其他的经验去抹掉它。而且，我老爹每周给我的生活费也紧巴巴的，不够其他花销。另外，未成年人在这些乌七八糟的地方也不受欢迎。

还得提醒下，手淫被（父母、医生、神父、社会学家等等）认为是一种恶习，会带来严重的后果，例如导致肺结核、阳痿、生出畸形儿，还有好多其他的问题。但是又有什么办法呢。这些严惩孩子的父母、医生、神父和社会学家在他们遥远的青少年时期也都这么做了，也没得肺结核，也没阳痿。这也是佩里克的论点，他是我尽职的精神分析师和符号预言师，他还说："无论如何，我还是喜欢去窑子。跟她们在一起可比自己一个人有意思，因为可以和她们聊天，交朋友。我认识几个好姐妹，有些都能做我阿姨了。有时候我也分析她们，生活中的疯子。你别误解。我知道她们是生活中的疯女人，但也为生活而疯狂，（这种叫法可能因为这种职业可追溯千年）包含快乐和享受的意思。我跟她们学了一样东西：因为肉体带来的快乐变成了日常的东西，她们更大的快乐就变成了精神上的。当她们享受一个笑话、称赞一则新颖的讽刺、获得无私的友谊或是听你用新奉承话调戏她们时，眼中露出的光芒显示出了她们偏好的享受：精神上的高潮。她们对此都很感激。有时候，她们高兴了，都不收我钱。我还是坚持付款，这钱可不能赖。"

认 可

我生命中经历的第一次罢课给我留下了伤疤。一般情况下，我不关心教学上的冲突。这次，乌拉圭大学生联合会（FEUU）下令罢课两天，中学也一起参加了。我都没问缘由，只想着，我不用去学校了，可以利用这段时间去佩里克那儿还一堆书，他借给我好几个月了。佩里克住在离米兰达学校几个街区的地方，我把好几本弗洛伊德、荣格和阿德勒的书塞进了每天带去学校的书包。还带了个袋子装其他几本书，上了公交车，倒了一辆车，最后在国会大厦前下了车。

我慢慢走向西耶拉街（书太沉了）。远处我看到了小托马斯·罗布勒斯，他的身影我是不会认错的，他是个有名的冠军（他赢过好几次少年田径运动会）。他朝我挤眉弄眼，然后往我这靠近。这位冠军是个好运动员，但是个差学生。他比我大两岁，留过两次级，也在我们班待过。他成了共产党员，现在是组织辞职、罢工、抗议、集会等的一把好手。

我背着书等他。等他到我面前的时候，他大叫："叛徒！工贼！"他不由分说地在我右脸颊上掐了一把，我的脸马上就红得像灯笼了。他抱住我，迫使我扔下手里的书，我极力反抗，大喊道："喂，冠军，你在干什么？我又不是叛徒！""你不是？那你拿着这些书去哪儿？""不是，冠军，我去还佩里克书，他住在这附近。"我给他看了我的书，不是教科书。小托马斯脸红了："对不起啊，瘦子①，真的不好意思。"我当然原谅他了，但我的右脸还是像山上的灯塔一样一闪一闪。

他千方百计想请我喝杯"帝王"②，我们去了国会大厦后面的德国啤酒屋。在那儿，他为了跟我套近乎，给我讲了他的故事。他爸每天打他妈。"那她怎么办？""天天哭呗，没别的。""你呢？""我拉住他的手臂想把他们分开，他却揍我，把我拖倒在地。""小托马斯，上帝给了你这副好身

---

① 瘦子是阿根廷和乌拉圭地区亲切的称呼，意思就是哥们儿，对方不一定真的瘦。

② 帝王是乌拉圭大杯扎啤的一种说法。

板……""老爹比我块头大很多。我不想也不能打他，我只是想让妈妈少受罪。""他为什么打你妈?""他说我妈二十年前有过情人（他用了"妍头"这词），他甚至怀疑（只有喝醉的时候才这么说）自己不是我亲爹。怎么可能? 我俩长得也太像了，就算不像两滴水珠，也像两滴果渣白兰地酒。所以我学习才那么费劲。你想想看，那种家庭环境，我怎么能专心学习呢?"

他付了酒钱，建议我们去学校（他已经确信我不是工贼了）。但我们先去找佩里克把书还了，这么做又多了个目的：就是消除他对我毫无根据的怀疑。佩里克看着我红肿的脸颊很吃惊，但什么也没说。

学校门口有两百多个学生在喊口号，一个接一个地扔石头（其中一个石头击中了一块玻璃，我想着冬天从这窗户透进来的风该多冷啊）。交通被中断了，只能听到喇叭和乐队的音乐会。突然出现了一些骑警，善意地驱散我们。所有人像迪士尼动画里的羚羊般四散跑去，我跑得太慢，像萨马涅戈[1]的龟，背上被撞了一下，衬衫被撕破了。我已经看不见

---

[1] 菲利克斯·马利亚·德·萨马涅戈（Félix María de Samaniego）是 18 世纪西班牙著名的诗人，也写过无数的寓言，他笔下的乌龟是行动缓慢的、懦弱的、被动的、懒散的。

小托马斯和佩里克了，于是决定走回家，回到甜蜜的家中，仿佛经历了内战的老兵。

　　幸好家里只有茱莉斯卡在，她看到我的样子大吃一惊。第二天吃早饭的时候，她从报纸上抬起头问："你脸上怎么回事？你又被蜜蜂蜇了？""嗯，可能是蜜蜂。""不知道，看起来更像大黄蜂蜇的，或是那种大蚂蚁。""有可能。"我带着昆虫学家那样肯定的口气说道。

无花果树上的女孩（二）

　　每个人都有自己的小嗜好，我喜欢画钟表。在初中四年级的课堂上，当哲学老师在阐述黑格尔的精神现象学时，班上的同学都百无聊赖，有人画小鸡、小鸭、五角星或者六角星，有些还画裸女，但我只画钟表，每次都画罗马数字，指针的时间永远是三点十分，这是我短暂的人生经验中最重要的一个时间点：三点十分我发现了丹第的尸体；我妈妈是三点十分去世的；丽塔三点十分闯进了我的阁楼；我和娜塔莉亚的第一次也是在三点十分。

　　我从来都不是迷信的人，但是，每天到这个时间，我都会紧张，会警惕，就好像意料之外的事情会突然发生。但是什么也没发生，就算发生也是些鸡毛蒜皮的事（远处有人按喇叭，有人在敲邻居家的门，街区的狗开始吠起来了），我非得把这些事认真看待。假如我正在睡午觉，在这个时点就会惊醒，如果能接着睡，就会进入一个奇怪的梦境，或是一个残酷的噩梦。但是凌晨的三点十分对我来说就没有任何意义：重要的时刻在下午。

我从初中顺利毕业了。我在理科上毫无亮点（除了数学还可以，从一开始就挺感兴趣的），在文学、历史和绘画上特别突出。我决定放弃报名参加高考预科班，而是去从事绘画事业。"也行，"我老爹说，"但是你得工作了。我觉得靠画画你可填不饱肚子。"他和好几个朋友讲了这事，不久之后，我就进入了多米诺，一家著名的广告公司，当起了小助理。两个月以后，我开始机械地临摹其他人的画作，有时候，也画自己的画，都是简单的、一点儿都不炫耀的类型。

也就是说我十七岁就开始挣钱了，我的花销主要是书、电、舞会，还有我私下画画用的绘画纸、铅笔、水彩颜料、画笔，可以预见到，我画得最多的就是钟表。

一天下午，我在运动员咖啡馆喝一杯浓缩咖啡，从包里拿出便笺和好几支笔。我正想着公司交代的周一要完成的素描任务，画笔仿佛不听我意志支配，自己在纸上游走，画起了钟表。当我画好了十二个罗马数字时，有人在我身边喊：

"克劳迪奥！"

　　我没看这声音的主人（应该说是女主人），就知道她是丽塔。她双手捧起了我的脸，在我脸颊上靠近嘴角的地方亲了一下。这是一个从过去飞来的吻。我真不敢相信。她绿色的眼睛变深了，栗色的头发披到了肩上，光溜溜的手臂上有一堆雀斑，我觉得这些细节都太美好了。她还是那么瘦，更有魅力了（现在是个女人了）。她还是带着将她与几年前（多少年了？）的丽塔联系在一起的那个脆弱的光环，那个从诺贝尔托家的无花果树上滑到我家阁楼的丽塔。

　　一开始，我们俩用很多问题轰炸对方。对，她还住在科尔多瓦，在一家航空公司当空姐，她经常飞来飞去，大部分时间在阿根廷国内飞，有时也飞到国外。她父母住在圣达菲省，她跟着姐姐一起住，姐姐已婚，是个建筑师，两人关系不错。这就是我能问到的一点信息，因为她不间断地问我问题，没机会插入我的问题。最后，她停了下来，让她自己，也让我有了一丝喘息，我问了我成百上千个问题里的一个："你回来看到诺贝尔托了吗？""诺贝尔托？""你在卡普罗的表弟呀。"她犹豫了下，然后放声大笑起来："诺贝尔托可不是我表弟。那天我只是用他名字套近乎，让你相信我。"我没被她说服："那你是怎么从他们家的树上爬进我的阁楼的呢?"她叹了口气,脸色却更漂亮了:"这故事既简单又复杂。当时我在姐姐的朋友家借住,就在诺贝尔托家隔壁,他们在聊你妈妈的重病,说她不久就要去世,还提到了你和你的小妹妹,我就很冲动,不是想去安慰你,而是想陪陪你、抚摸你、给你传递温暖,我猜测那时候你需要这些。不知道你记不记得,诺贝尔托家的院子尽头有一个走廊连着我朋友的家。这个走廊上有一些砖已经凸出来了,很方便爬上爬下。我就从这儿爬上了无花果树,我也是从这儿溜走的。""如果你被诺贝尔托家人抓到怎么办?""哎,小女孩的调皮,大家都会接受的,尽管有时候也会挨打。换作现在,我可找不出类似的借口。但那会儿谁也没看见我,除了你。"我心底里很想说服自己,我终于松开了这么多年一直憋着的一口气。

"你已经淡忘你母亲的去世了吧?""是啊,要不然怎么办?""死亡不是个严重的事,克劳迪奥。""你怎么看?""我觉得是一个重复的梦,但不是圆形的,而是螺旋状的。每次都经过同一个场景,但每次又离你越来越远,这会让你更好地理解它。"这个说法征服了我。然后,我换了个话题:"这次你住哪儿了?""市中心啊:梅赛德斯街跟艾希多街交界处。""我能去那看你吗?"她紧闭双唇,目光看向远处,想了一会儿,然后说:"你明天来吧,我一个人在家。我给你写下我的地址：梅赛德斯街 1352 号。""那是一个公寓吗？"
"不，是一个房子，可漂亮了，你会看到的。"

她看到了我画的钟，还没有画针脚，"我能来把它画完吗？"她问。她放了本书在我的画纸前，不让我看到她的动作。然后把纸翻了面，递给了我，说："明天按照我画的时间来看我。你先存着，一会儿再看。"

我们从咖啡馆出来，走了一个街区，还没穿过十八街。我心潮澎湃，没有注意到天空阴暗下来了，突然下雨着实吓了我一跳，雨还越下越大。我们跑了几步，但是雨倾盆而下。现在来不及跑回咖啡馆了，我们躲进了一家公寓的门厅，这里比街上还黑。雨还是打进来，我们便往里挪了挪。这里一个人都没有。她牵起我的手，拿到嘴边，吻了好几次，嘴唇因为淋的雨而湿湿的。里面的黑暗和外面的恶劣天气，把我们和世界隔开。我拥抱了她，如此温柔，仿佛很久不见的恋人。

我们吻着，吻着，我们爱抚着，又接着爱抚。我觉得太美好了，难免幻想明天在她家的情景。我都不在乎天上是不是还在下雨，还是雨已经停了。直到我脖子后面响起了个声音，干巴巴的，还强忍怒气："借过下，年轻人。"他让我们让开，他想进电梯，这会儿我俩才回到了人世间。我们吞吞吐吐说了抱歉，这时候才看见街上的太阳。丽塔看了看手表，几乎大叫了起来："太晚了，我得到那儿。""到哪儿？"我困惑又焦虑地问。"我得到那儿，"她重复了一遍，"我们明天见，你别忘了，再见。"她最后给了我一个吻，非常迅速，然后沿着十八街跑向了广场方向。

我慢慢走回家。我想好好地咀嚼下刚发生的一切。好吧，丽塔还存在？那我去科尔多瓦？为什么不呢？她会不会有男朋友或者老公？为什么没问她一句呢？走到阿利奥斯托街时，我跟小埃莲娜和茱莉斯卡匆匆打了招呼就钻进了自己的房间，真不幸，在这个房间我没有无花果树，甚至连窗户都没有。

我小心翼翼地从书包里取出那幅钟表画，钟的指针指着（不是这还能是啥？）三点十分。但还有一些小细节，指着罗马数字 II 的分针，是一个裸体的男子，指着 III 的时针是一个女子，也裸着。男士 / 分针马上就要盖住女士 / 时针了。我们明天的约会！我满心欢喜地喊道，带着分针先生的欢乐。

第二天，下午三点十分，我到了梅赛德斯街跟艾希多街交界处，我越来越靠近，恐惧却像潮水一样淹没了我，最后我陷入了恐慌。很快，我的怀疑得到了证实：这条街根本没有 1352 号。

接下来的一个月，我每天都去运动员咖啡店，跟下暴雨那天同一时间，丽塔却再也没出现。六个月以后，我买了一盒新的水粉颜料，画了一幅画：一幅写着罗马数字的钟面，男士分针和女士时针，指着三点十分。我把它命名为爱情的时刻。下面写上副标题：纪念丽塔。我在第一届水粉画大赛中获了三等奖。这个被纪念的女人却没有回应我纯真的爱。

　　在公司里，大家都祝贺了我，我的领导特别骄傲，他手下的员工里居然有个获奖的艺术家（原话如此）。他给我涨了工资，给我派了一些需要更多创造性的任务，承担更大的责任。

欢迎你，索尼娅

妈妈去世的时候，老爹三十七岁，再婚的时候他四十三岁。我觉得他得再婚，他就是个适合结婚的人。妈妈去世后几个月，我们还住在卡普罗，他决定不仅要换房子，还跟我们说还要换街区，想一次性摆脱这个悲伤："我想过新生活。"

我也不知道是他选上了索尼娅还是索尼娅选上了他。老爹的性格挺奇特的，他对女士的品位非常挑剔，可选的范围很小。我这个后妈是他在单位认识的，他的单位叫作波西托斯酒店。他俩因为工作关系，最近两年接触频繁。索尼娅在一家旅行社工作，经常来酒店与老爹讨论下一期阿根廷团和巴西团的行程细节，这些团一般会在蒙得维的亚市停留几天，然后出发去皮里亚波利斯或埃斯特角。客人入住这家酒店期间，索尼娅每天都会来酒店查看客人是不是住得舒适，有没有什么抱怨。她也带客人去观光、去赌场，也有少数几次是去那几个稀少的博物馆。

她比老爹小十岁，我觉得他是以干练和人际交往能力征服了她，而不是靠他成熟男性的魅力。我也承认索尼娅有种特殊的诱人之处：有棱有角的脸型，颧骨较高，嘴很大，常露出微笑，深黑的眼睛，瘦长的脖子，笔直的大腿，额头有一撮过早白了的头发，性格和蔼可亲，既不棱角分明，也不咄咄逼人，不过这也是见了四五次之后才形成的感觉。

一天早上，老爹在他一向喜欢宣布大事的厨房里，跟我说他要结婚了的时候，我发觉了他的变化。他吃早饭时再也不读报了，看起来更高兴了，更加仔细地检查我的工作，还跟茱莉斯卡开开玩笑。

他问我的意见。我以前见过索尼娅，我俩处得不错。"我挺高兴的，"我说，"希望你有好运啦。"他觉得必须跟我解释下，"当然，她没法跟你妈妈比。我和你妈很年轻的时候结了婚，这个不能再重现了。我再婚的原因是我第一次婚姻也不错啊，你不觉得吗？"

小埃莲娜的态度更为保守。她刚进入青春期，常常想起妈妈，妈妈的形象在她心里变得越来越像神话了。当天晚上我就跟她费了很多口舌，说服她相信老爹"还年轻"。"年轻？"她一脸尴尬，"四十三岁还年轻啊？"我还说，有索尼娅这样的女士进我们家是好事，"不是有茉莉斯卡嘛。"她自己也清楚这个论据不成立。至少她跟我承诺，会努力对索尼娅好。"记住，这件事情对老爹很重要。""好吧，"她动摇了，"但是我不会叫她妈妈的。"

新情况给家里的布局带来了一些变化。娜塔莉亚和安立奎都毕业了，开始工作了，于是单独租了个公寓，娜塔莉亚就离我们而去了。茉莉斯卡大肆庆祝，就像尼古拉一世从土耳其军队手中夺走了桑扎克地区的新帕扎尔的很大一部分地区一样，土耳其军队不得不撤退（这都归功于茉莉斯卡边做饭边给我上的生动的课，我对黑山的了解比对派桑杜还要多）。

娜塔莉亚在家的最后一天，我去花店买了一束红色玫瑰花，为纪念过去的光荣历史。她面露感动，为纪念过去的日子，她给我嘴上亲了个吻。

老爹买了一套新的床上用品，和索尼娅住在了对面的房间；我搬进了老爹住的房间；小埃连娜搬进了之前我住的房间。只有茉莉斯卡还住在最里面的屋子。她以黑山人的耐心接受了新女主人。实际上，我也不知道黑山人是不是有耐心，她（教我用塞尔维亚－克罗地亚语说黑山，叫作 Crna Gora）出生于泽塔平原，有一次她给我看了一张发黄的照片，照片上是小时候的茱莉斯卡站在斯库台湖边。她对这次婚姻挺看好的，有时会说起："爸爸先生结婚好。人男需要人女。"

出席婚礼（那是在科尔顿区的一家甜品店办的鸡尾酒会，虽然是一个小范围的民事婚礼，但水准可不低）的只有埃德蒙多叔叔、从布宜诺斯艾利斯赶来的爷爷奶奶、老爹的三两好友（其中一个还是彭迪贝尼的球迷）、索尼娅的父母（他们从塔夸伦博[①]来）、我的老邻居诺贝尔托（老爹在邀请嘉宾名单上也写上了丹尼尔和费尔南多，但我知道他俩不对付，为了避免尴尬，我就没请他俩），还有娜塔莉亚和安立奎。茱莉斯卡穿了身民族服饰参加了婚礼，她那一口奶油西班牙语，让她成了当晚的明星。老爹亲自去请姥爷哈维尔来参加婚礼，姥爷说了抱歉（"我得照顾多洛雷斯，自从煤球店关了以后，她就一直垂头丧气的"）。但姥姥知道这事后挺起劲的，两天以后跟我说："可别让哈维尔知道，你爸真是一个混蛋，他一点儿都不担心这么做会把他和我女儿的记忆全毁了。我建议你不要跟那不要脸的女人（她叫索尼娅，是吗？）说话。这是你为你圣洁的母亲唯一能做的了。"姥爷哈维尔

---

① 塔夸伦博（Tacuarembó）是乌拉圭北部城市。

（当然是背着他老婆）却很支持我爸的决定。他跟我说了一句茱莉斯卡说过的话，但是语法正确："男人需要女人呀。"姥姥为了表达自己的不同意，假装病情加重，希望这场让她咬牙切齿的婚礼能延后，姥爷因为对她太过了解，都没告诉我们她的情况，也没给她叫医生。他给她一颗阿司匹林，她只能屈服于这无法避免的事实，二十四小时后就痊愈了。

自索尼娅搬进在阿利奥斯托街的家门之后，我们生活的节奏和生活方式发生了很大的变化。她是个好厨子，她教会茱莉斯卡做新的美味佳肴（西班牙的、法国的、意大利的），为了获得茱莉斯卡的无条件支持，她还学做了南斯拉夫菜。因此，我们在家就能享受国际美食了。伙食的改善让我在三个月内增重了五公斤，这对我而言还不错，因为之前我瘦得像根豆芽菜。

有时候，我会把公司的活儿带回家，不在办公室做。索尼娅早回家时，会来找我说话。她的问题都挺常见的："跟我讲讲你妈妈。我得知道你妈妈是什么样的，才能更好地理解和帮助塞尔吉奥。"然后，我就给她讲讲妈妈的趣闻，描述下妈妈的面容和生活习惯，她特别认真地听进去了。她像个海绵一样什么都吸收。我本可以胡编乱造，告诉她些假信息，虽然一直都想这么做，但又觉得这么做太邪恶了，最后我只说真事和我妈的特点。奇怪的是，索尼娅不断地询问，也强迫我重构了妈妈的形象，我觉得更加了解她了，通过追溯往事我更爱她了。

三点十分

同时呢，我也在坚持画画。除了画我的传统项目，也就是钟表之外，我还画起了肖像画，我可不是现实画派，我画了娜塔莉亚、茱莉斯卡、小埃莲娜和索尼娅。我还没敢画妈妈（我从来都不喜欢照着照片画）和丽塔，尽管对于后者，我也讲不出什么道理。我特别喜欢我画的茱莉斯卡的肖像，但我的这个临时模特宣称："我不是那样的。我更好看。"

我终于找到了一家市中心的画廊愿意展出我的油画和水粉画，在一次名为"乌拉圭青年画家"的活动中展出。展览名为"钟表与女性"，核心画作是一幅新版的油画，名为《爱的时间——纪念丽塔》。之前挂在我的房间里的水粉原画，出了个小意外。钉子松了，画倒了下来，重重地撞到了地面。

为让它保持原来的颜色，我没在画上加固定颜色的颜料，就这样，这个钟面的形象变成了彩色的颜料堆，堆在了画框和玻璃之间的画面底部。只有时针和罗马数字 IX 安然无恙。

在油画中，我加入了一些变化。男士分针展现为阳具，准备充分，女士时针露出了胸脯，也许是因为和娜塔莉亚经历过的难忘的一刻启发了我。这些新元素加强了这幅画的情色味道，但也只有这个效果了。然后我在画里放了一张小卡片，上面写着"已售"。我不想把我几乎绝望的祈求出让给陌生买家。

我收到了一些正面的评价，他们赞美"这位画家的青春和原创性"，但有一位持怀疑态度的先生写道：艺术史发展到今天这个地步，看到这么年轻的画家画出"情色意味的钟表"，他没有感到钦佩，反而觉得遗憾。也许很多人没读过这位先生善意的抨击，因为画展开了两个星期时，我卖出了两幅女士画和四幅钟表画，还没算每个女士手上都戴着手表。我的大大小小的手表，上面显示的时间不一，但公众最关注的还是那幅指着三点十分的画。

欲望的沟壑

我满二十一岁的时候，跟一位好姑娘发展了稳定的关系。我也不知道我们是不是男女朋友还是"类似这种关系"，根据茉莉斯卡的分类，这些都是野合。我们几乎从来不在我家聚会，因为玛利亚娜正在学兽医专业，她和同学欧菲利亚合租了位于阿瓜达街的一间公寓，她同屋每周末都回马尔多纳多的父母家，一到周末，这公寓就成了我俩的私人空间。

我是在商业银行俱乐部的舞会上认识玛利亚娜的，我俩跳了一整夜的舞。我们开始亲近是从探戈舞曲开始的，虽然这舞在年轻人里不大流行，因为每首探戈放完要等个一刻钟才放下一首，我们就坐在一边，边喝酒边聊天，讲讲各自的生活，我得说实话，我们的生活讲起来一点儿也不激情澎湃。

我不知道她省略了什么故事，我自己是省略了丹第的事情、与娜塔莉亚的初次还有我和丽塔的几次见面。

我俩另外一方面的探索更为重要。我们跳了那么多支探戈，不可能没有肉体的接触。探戈与其他舞蹈的主要区别就在于其中蕴含的智慧和身体的亲密接触，其他的舞要么是两人离得很远，要么就只能短暂发生亲密接触，无法诱发什么浪漫故事。探戈中的拥抱有交流的作用，如果要给"交流"加个形容词的话，应该是情色的交流，是身体和身体对话的前奏，之后的事情也许发生也许不发生，但在跳舞的这段时间里，舞者身体的交流如此之多，看上去真要发生点什么。在舞蹈里，舞者配合得越好，他们身体磨合的程度就越好，一个人的骨头和另外一个人的温软肉体吻合程度就越高，舞蹈中的情色意味就越明显，这是一种大移民时期[1]皮条客和妓女之间的舞蹈，至今每个人灵魂角落中隐藏的皮条客和妓女依旧跳着舞，只要《嫩玉米》或《罗德里格斯·佩尼亚》[2]的前奏和弦一奏响，我们就会变得兴高采烈，充满无限

---

[1] 大移民时期是 19 世纪末 20 世纪初，原文是 novecientos，意思是 900，但指的是一段时间，是大量移民进入乌拉圭、中产阶层人数增加的时期，不是1900 年这一年。

[2] 《嫩玉米》(*El Choclo*)、《罗德里格斯·佩尼亚》(*Rodríguez Peña*) 是两支有名的探戈曲子。

活力。

那天晚上一首首的探戈没什么魔幻的意味，反而挺接地气的，让我和玛利亚娜开始互相了解彼此的身体，开始产生欲念，相互补充，相互需要。三天后，我们脱去了衣服，回到本初的状态，但身体的质感没有给我们带来更多的惊喜。从第五首探戈开始，我们的身体就已熟识了。我们发现了彼此的一些新细节（一个痣，七个斑，私密处毛发的颜色），不过这些都是次要的，没有改变我们给彼此留下的第一印象，那是最本质的印象，是各自身体的感官系统传递并存储在想象中的印象。身体的记忆从来不会太关注细节。每个身体只记得另外一个身体给它的欢愉，而不是那些减少欢愉的事情。这是一个亲密的印象，比已退化了的手的触感要大方得多。因为接触过多的事物，手的触感变得麻木了。胸碰到了胸，腰触到了腰，生殖器摩擦着了生殖器，这么多美妙的触感形成了一个网络，虽然这些触感隔着丝绸、开司米、棉布、粗布线，但一个身体很快就了解了另外一个身体的天地。两人也许会相爱，也许不会，但是当前两人对对方的身体产生了炙热的欲望。爱的胚芽需要种在欲望的沟壑里才能有更好的收成。我是从哪儿读了这句？也许是我的自创。我把这句话记了下来，配在我（没有钟表）的画上："欲望的沟壑。"听起来太文绉绉了，但其实不然。我想画一对探戈舞伴。仅此而已。"欲望的沟壑。"没有其他说明。让观众自己想象吧。

既然都这么说了：我和玛利亚娜的第一次结合就是肉体的结合。她的身体绝对是我的人生中七大奇迹之一。我的身体体验到很多新感觉。我们在各自的身体上游走和享受，仔细地确认探戈传递出来的确切信息。见过几次之后，我俩仍然觉得这次的结合非常美好。没有发生过当一个身体提出的任何问题、另外一个没法回答或是不知道怎么回答的情况。我们话说得那么少！仿佛害怕话语会侵犯我们的空间，给我们带来争吵、断裂和不信任。安静那么美妙，触感那么美味！

我们如此和谐，哪怕话语，多余的、遥远的话语，都会破坏这情景。一天晚上，我回到家，茉莉斯卡拿着一个奶黄色的信封在等我。"这封信喷了很多香水。"她咧着农妇样的嘴，带着微笑看着我。信封上有巴西的邮戳，但没有写寄件人。我等回到房间才打开。里面有一张从巴西的巴伊亚州寄来的明信片："祝贺你的展览。我很喜欢你对我的三点十分的发挥。我不会计较你的抄袭哦。你还在创作同一时间的其他样子吗？女士成为分针，男士成为时针？这会是一个很好的创意。我把创意送给你啦。也许我用这个创意换你画我一幅肖像。对，你画我吧，给我戴上手表吧，时间还是指着三点十分。啊，谢谢你的致敬。所有的吻，从我柔弱的嘴印上你强壮的嘴。来自你的丽塔。"

现实中的女人

　　玛利亚娜一动不动的脖颈，离我失眠的眼睛只有几厘米，有一圈宁静的光环，在我的仅有的一点对睡眠中女人的观察中，这还是个新鲜事物。利希滕贝格[①]是这么写的（我最近刚读到）：我们所有的历史不过是人醒着的历史；在睡眠中的历史还没有人想到。我想到了女人睡眠的历史。

　　我们反复做爱和休息，心里的贪婪历久弥新，但这种贪婪不只是身体上的；我们结合在一起的感觉与探戈中产生的迷恋不一样。我们仿佛已经到达了另一个享受的境地，没什么大动静，但是更加持久。我一下子觉得自己是非常纯粹的

---

① 　利希滕贝格（Lichtenberg，1742—1799）是 18 世纪下半叶德国的启蒙学者，杰出的思想家、讽刺作家、政论家、物理学家。

男人。不是女人的反义词而是人类的同义词。

我伸出手臂，慢慢地划过她的手臂，从上到下，为了更好地记住它。她基本没动，嘴里喃喃地说出了我的名字，事实上她也没说出克劳迪奥的每个音节，而是把元音发了出来，好像辅音都被绕进了梦里。这让我放心了，因为女人在梦里有可能说另一个男人的名字，哪怕已经是过去的事情了。很明显，如果这人在她的梦中出现，也意味着哪天可能会回来照顾她。

幸运的是，玛利亚娜说的是我的名字，我的手感到被获准了，摸到她左胸，我最爱的地方。手停在了那儿，仿佛浪子终于找到了自己的窝。玛利亚娜的嘴唇亲吻着炙热的空气。她还在睡梦中，伸手拥抱了我，抱紧了我，最后终于决定要醒过来的时候，她告诉我，她梦到我在她里面，她的身体里。

事实上，我生活的这个新阶段是在收到丽塔从巴伊亚寄来明信片一周后开始的。好几天，我觉得暴躁，我没去找玛利亚娜，甚至没给她打电话。当然这是我自己的原因。这么说丽塔来了蒙得维的亚，她还去了画展，但是没来见我？她知道我的地址、电话、我常去的咖啡馆、我的工作，但什么都没做，没来找我。对她的记忆依旧让我动心，但是就算我知道她只是一个若隐若现的存在，是个永不可及的目标，以前是这样，现在是这样，以后肯定也是这样，她还是俘获了我的心？我不想陷入挫败中。我想在爱情中和人生中实现自我。

我的童年和少年时期还在眼前闪光，但我已经是个成人了，已经不相信那种遥不可及的来世了，而是要加入最近的现世，在其中享受和受苦，用现金给命运埋单，而不是为生命保单分期付款。当下越来越征服了我。过去是尘封的当下的集合；未来是一系列即将签发的现在。整个历史是一个漫长的、永不停歇的当下。我自己的历史也是这样。剩下的毫无疑问是不确定和空虚。妈妈在哪呢？丹第在哪呢？我的姥姥多洛雷斯在哪呢？她两个月前刚去世，去世前她仍在固执地追问，那些煤球店的无政府主义者是不是还在生产法国法郎，因为第一批货币已经在巴黎的女神游乐厅被一股脑地花光了？他们所有人一定都消失了，永远住在了虚无里。虚无就是死亡，而不是丽塔解释的那个重复和螺旋上升的梦。现世，就是玛利亚娜，在时而逃跑时而出现的丽塔和一直在我身边让我幸福的玛利亚娜之间，我当然选择玛利亚娜，尽管我明白，未来的白天和黑夜，丽塔都会在我人生的任何转弯处观察我、监视我。

自从做了这个选择，我和玛利亚娜的关系就不一样了。

巧合的是，在我消失的几天里，她也在反思自己，思量自己，思量我。她也决定为我们的关系赌一把。她已经有过两个前男友了。她跟我说的时候没哭，她深色的眼睛睁得很大。因此，当我回去找她的时候，我跟她讲了丽塔在我的犹豫中的分量（在这之前我从来没跟她说过），我跟她说，我选择和她在一起，我们的选择，她选了我，我选了她，每个人是在独立和自由的情况下作出的选择，这意味着自发性的协议，没有落到纸面上，也没有证人，最后我们拥抱的时候，想起第一次因为探戈而结缘的现世和未来，我们就知道我们的关系会长久，也就是说这种长久接纳短暂的瞬间。

为什么说话？

(老爹的日记草稿的片段)

为什么我那么沉默呢？我周围的人说得越多，我就越不想说话。也许就是因为这个，我把六年前的日记又翻了出来，想继续写，说点什么。我不知道该跟谁说说奥罗拉。有时候我觉得克劳迪奥会明白，但他好像忙着其他事情。索尼娅挺好的。她主动陪着我，我不想伤害她。我确实不怎么和她交流。我的身体和她的身体交流，也许就够了。够吗？我承认，她让我感到活着，她解除了我生活的乏味。我都没跟她说她的肚腩真是美妙。我会跟她说的。我保证。她也不善言谈。无论怎样，做爱的时候还用说什么呢？但是跟奥罗拉在一起的时候，亲热就不一样了。首先，那是欢庆的聚会。她不仅享受了，还觉得开心。我们的结合非常欢乐。在高潮时笑出

125

来也不坏。我很想念这欢庆的聚会，那才是秘密所在之处。奥罗拉话可不少，那会儿我也不是现在这样。她总是问问题。她让我思考。索尼娅说话的时候，已经给出了答案。那些答案应对的问题不是我提出来的。奥罗拉没有安全感。索尼娅却很有安全感。我很确定我的不安定感。真乱。今天我在计算我的性史，我这一辈子经历的女人真是少。因为忠诚？因为懒惰？我不知道。数下来只有八个。我现在快五十岁了，这个纪录离吉尼斯还远得很。其他女人，也就是那些非法的，其中五个只是短暂的，没有留下任何的印记。只有一个罗萨里奥留下了些痕迹。也许是我不懂得挽留她。其他女人，我只记得她们的胸、阴部和大腿。罗萨里奥，我记得她的眼睛。更确切地说是目光。她的眼睛好像要说话，但却没有说。我从来没见她哭过。有时候我说了些重话，跟骂人也差不多了，看看她会不会哭。但她只是看着我目光深邃，没有眼泪。我幸福过吗？在奥罗拉之前，我失去了罗萨里奥。可怜的奥罗拉逝去了。现在索尼娅在我身边，懂得怎么陪伴我。问题是，我们是一对吗？我觉得是，但是我不应该怀疑呀。我这么觉得。

为什么我搬了那么多次家？换的家比换的女人要多。这些日记我是随手写的，存在酒店里。日记也不是写来给人看的，连我自己都不会再读。对我而言，日记不是不可或缺的东西。不写文字，我也活得好好的。事实上，这连写作都称不上。也就勉强称得上是纸上的文字。

酒店。这是我做过的最好的一份工作。只是因为从我的办公室可以看见松树，只因这个特权，就值得了。另外，我和大家关系都不错，员工啦，游客啦。一般来说，我跟关系远的人相处比亲近的人更加顺畅。我最亲的亲人就是克劳迪奥了。我不知道他是不是个画家的料。他画的东西我不大喜欢。他就沉迷于情色钟表。我更希望他做个好人（他是），而不是个好画家。

这棵老松树摇了摇它的树冠。真是棵优雅的树。它静静地陪着我，就跟索尼娅一样。一只公鸡在远处歌唱，另外一只在近处的，也唱了起来。有时候我很想回应它们。我只会发出人类的咕咕咕的声音，唱不出公鸡的探戈。

鳏夫的证明

　　像我姥姥多洛雷斯在世的时候一样，我每个周日的上午都贡献给哈维尔姥爷（除非我去市场玩）。这一次我带上了玛利亚娜。我感觉他们会相处愉快。果然。哈维尔眼睛都亮了，以前他的眼睛可一直是垂头丧气地耷拉着。他拿出一只手摸了摸她的脸，仿佛是为了用触觉去证实下近视眼看不清的东西。"真漂亮。"他眉飞色舞地说。"那么年轻可以相爱是多美好的事情呀。我都忘了我年轻时候是怎么回事了，但我没忘掉我爱过别人和别人爱我的感觉。""多洛雷斯？"我大胆地问，"多洛雷斯和艾乌赫尼亚、帕斯多拉、伊萨贝尔等等。""天哪，姥爷，你有个后宫。"玛利亚娜说。"你别觉得奇怪，漂亮姑娘，如果有一天我的外孙爱上了这个那个女生，你也别觉得吃惊。一个人最好是有个宽大的心，里面可以存很多爱。""姥爷，那能允许我把我的心放大吗？""啊不，小姑娘，我可不允许。你也没法贿赂我，我是个大男子主义者。"

他想了一会儿。"啊，我忘了，我还爱过一个叫丽塔的女孩。""后来怎么了？"我吃了一惊，几乎翻出了回忆中的醋意。"她就是消失了。她很漂亮，很诱人。事实是她没有献身给我，她只是消失了。我觉得没有对她太差呀。一般来说，这些女孩都没有抱怨过我。有一天，更确切地说是晚上，魔术结束了，我们成了朋友。另外一个女孩帕斯多拉，最后甚至成了多洛雷斯的朋友。""看起来叫丽塔的人都是难以捉摸的。"玛利亚娜强调，目光没看我。

正如所料，姥爷没浪费机会，给玛利亚娜讲述了那次著名逃亡的每一个小细节和多洛雷斯的理论。他的新版本已经修改过了，还添油加醋了，哈维尔说那些逃亡者上车之前，唱了《国际歌》。"怎么会？"我问，"他们不是无政府主义者吗？""你说得对。那就是唱了个歌，要么是《波莱罗舞曲》。反正确实是唱歌了。"玛利亚娜听得津津有味，幸好姥爷也不傻，他也嘲笑了下自己的谎言。

教堂的后院还是那么荒芜。"牧师们再不踢足球了，"哈维尔告诉我们，"跟我们预想的一样，年轻教徒们数量大幅下降。我的理论是，牧师们越来越老，比完足球赛，他们就发哮喘、跛了脚、心率过快了。"

他问起了我父亲。"跟塞尔吉奥说，来看看我，把索尼娅带来让我认识认识。现在多洛雷斯也不在了，当时她那么恨她，毫无理由，现在道路已经扫清了。多洛雷斯总是找（更糟的是：找到了）一个痴迷的话题：煤球店、索尼娅和其他一些话题。你们可别以为是这几年才这样的。以前她总盯着巴特列总统①。只要报纸上出现了尊敬的总统先生的照片，她就把报纸撕个粉碎。他可是个政治名人。她说她是亲白党的，但她也不喜欢埃雷拉②。她只欣赏萨拉维亚③，那是她的神，她的先知。我承认，年轻时候我们过得真不赖。但是，谁在年轻时候过得不好呢？人总是意识不到（只是在很多年以后才警醒，那会儿就开始生病，开始纠结了），青春是多么美妙。你们俩不会也要到年老的时候才意识到吧，哎？美妙

---

① 巴特列（José Pablo Torcuato Batlle Ordóñez，1856—1929），乌拉圭政治家、记者，红党成员，曾担任两届总统（1903—1907 年和 1911—1915 年）。

② 埃雷拉（Luis Alberto de Herrera y Quevedo，1873—1959）乌拉圭政治家、记者和历史学家，是白党 50 年间的主要领袖。

③ 萨拉维亚（Aparicio Saravia da Rosa，1856—1904），乌拉圭政治家、军事家和白党领袖。

就是你们现在拥有的东西，而不是以后在带哭腔的混沌记忆中想起来的东西。你们看，刚才我说的那些女人，我只记得她们的名字，却记不得她们的脸了。"他还恶作剧地说："我记忆中只剩下片段了，例如，艾乌赫尼亚的胸、伊萨贝尔的阴部。""那丽塔呢？"玛利亚娜问。"丽塔？只有她逃走后留下的痕迹。"

粉红灰尘中的脚[①]

　　事实上，克劳迪奥的名字不止这个，他的全名是克劳迪奥·阿尔贝托·迪奥尼西奥·费尔明·内波穆塞诺·翁贝尔托（Umberto 没有 H）。这种像火车那么长的名字可能是意大利中部地区的传统，例如翁布里亚或托斯卡纳地区。他爸叫塞尔吉奥·维基里奥·毛利西奥·罗慕洛·维多里奥·翁贝尔托，他那个在布宜诺斯艾利斯的爷爷叫文森左·卡尔洛·马里奥·翁贝尔托·雷欧内尔·吉欧瓦尼。这样看，名字仿佛是个历史遗留物，而不是面向未来的东西。从这能看到，翁贝尔托是唯一一个重复的名字，这是个长期的身份印记，好

――――――――――――
① 　原文 pies en polvo rosa 是一种语言游戏，来自将脚置于飞扬的尘土之中（poner pies en polvo rosa），意思是逃跑。

132

像工厂的商标。

对克劳迪奥来说，这么一长串的名字是个噩梦，很多情况下给他带来不便，特别是去申办文件的时候。有一次，他办手续时因这名字受了侮辱，至今记忆犹新。十八岁生日前的几个月，他去选举委员会办公室申请自己的公民卡，这样才有资格第一次参加十一月举行的选举（按他爸爸的要求，他会选巴特列派的一个候选人）。每个申请人先拿号，他拿到了 21 号。轮到他的时候，办事的是个老手，穿着灰色大衣，一副疲惫的样子，估计是因为他每次都得把相应的信息填进二十几份表。他从口袋里掏出了出生证明，证明上好不容易装得进他的六个名字。这个穿灰色大衣的办事员按常规仔细读着信息，上面写着克劳迪奥·阿尔贝托·迪奥尼西奥·费尔明·内波穆塞诺·翁贝尔托。他用中性的口吻问翁贝尔托是不是没有 H，他得到了个肯定的回复，他的表情还没有透露出任何内心的狂潮，只是大声说道："拿着 22、23、24 号的人请下周一再来办理吧。"人群中发出了嘟囔声，甚至有些抗议声，这些声音消散之后，办事员开始填写 23 份表格中的第一份。

一天晚上，当克劳迪奥和玛利亚娜一番云雨后，光着身体躺在她床上，开始如往常一样聊聊天（总会有一些没说过的往事），他出于对她的完全信任，跟她讲了他名字的趣事。玛利亚娜很容易被逗笑，又噘嘴又惊讶，最后哈哈大笑。对她的反应，克劳迪奥没有生气；而是有了意料不到的享受，正好欣赏这姑娘美丽的胴体花枝乱颤，因大笑而扭曲。她觉得最好笑的名字是内波穆塞诺，从这以后，只要是他们争论起来，不管大事小事，她会突然说出"内波穆塞诺"，他们就会笑着和好。"你呢？你叫什么？玛利亚娜后面还有什么？""玛利亚娜句号。"她说。以后，每次她说内波穆塞诺的时候，他就回"玛利亚娜句号"。

克劳迪奥依然在画画。玛利亚娜给他做模特，一摆就是好几个小时，但是每次她都把手表脱下来。克劳迪奥觉得这是反丽塔的仪式性动作。因为玛利亚娜只是画完后才看，克劳迪奥总是忍不住想把模特取下的手表再画上去，但因为害怕这会带来不良后果，只能放弃。最后玛利亚娜来看画的时候，对结果非常满意，说："真幸运，内波穆塞诺，你没画手表。我可受不了你画那个。"克劳迪奥没提他曾放弃这想法，只是说："玛利亚娜句号，我觉得这个谦卑的画家值得奖励。"

半个小时后，他收获了特别的奖品之后，问道："你允许我画你的裸体吗？还是你希望我选另外一个模特？""克劳迪奥！！"她叫了起来，这次忘了说内波穆塞诺，她用粉红色的床单盖住自己（克劳迪奥很讨厌这个颜色，但是这床和床单都是她的，不是他的）。她动作那么快，一双白色精致的脚从粉红色床单下露了出来，是她还裸体的唯一证明。这时候他才发现这双脚多美，突然他有了灵感，下一幅画的主题是：粉红灰尘中的脚。

遥远的声音

"我也没继续上学。"诺贝尔托说,"我在财政部工作,干得还可以。一个月前,他们给我涨了工资。一年前,我就和玛鲁哈结婚了,你可能还记得她,她也是住在卡普罗区的。"我几乎没什么印象了,她比我们小两到三岁,在孩子中间,这个年龄差距可不小。

我是在一个周一的中午在公司门口碰上他的。我们有两年没见了,当即决定一起共进午餐。我们在老城区,就去了袋子餐厅。餐厅离得不远,就在石头街上,在萨巴拉街和米希恩内斯街之间。说它是个餐厅,还不如说是几个加利西亚人开的可爱的食堂(他们全家都在这个餐厅工作),他们人不错,很开朗,很勤劳。我经常从公司去那吃午饭,他们中有些人，例如当服务员的马诺罗和收银的英玛（一段时间之后我才知道这是个缩写，全称很难读，英玛古拉达），对我像亲人一样。我可喜欢他们说话的方式了。举个例子，上甜品的时候，两个客人每人点了个双份布丁，马诺罗就跟厨房下单："两个双份布丁！"听起来像两个霜粉布丁。①有一次我点了汤，刚喝一口就发现勺子上有个大洞，汤都漏回盘子里去了，我叫来马诺罗，给他看了这个小问题。他举起勺子放到眼前。看到我说的那个洞的时候，惊愕地大声叫："额滴神啊！这么大个洞！"

这次带了诺贝尔托一起去，他看到马诺罗跟我那么熟，英玛从收银台那热情地跟我打招呼，吃了一惊。菜单上可选的不多，我们点了香瓜配火腿，面包屑裹牛排和沙拉。吃香瓜火腿的时候，诺贝尔托跟我讲了讲玛鲁哈，和他们要小孩的计划（至少要两个），而且会在很短时间间隔内生出来。"如果上帝允许，"他很谨慎地加上这句，"这样我们就放心了，两个小孩可以一起长大。我不喜欢当独生子，不管是有好处还是坏处。"看起来，玛鲁哈是同意的：她就是个独生女，受了些苦。"你真幸运，你有个妹妹，叫小埃莲娜，对

① 原文 Dos flandobles 是将布丁（flan）和双份（dobles）变成了合成词，作者听上去像长剑（mandoble），中文无法体现这种谐音。

137

不?"对，小埃莲娜。我告诉他，她正在上初中，都有了男友了。她不敢告诉爸爸，更加不会告诉索尼娅，只敢跟我一个人讲。她和父母关系稍微好了些，但也不能说是很好。而且她男友是个巴拉圭人，她找了个老外，不知道老爹会有什么反应。我鼓励了她：巴拉圭人怎么能算是老外呢，你记得阿蒂加斯将军①就是选择去巴拉圭逃亡的吗？这段历史让她更加放宽心了，两天之后就跟老爹坦白了。我问她，他跟你说什么了？什么跟我说什么了？他说难道乌拉圭人都太丑了，你只能去找把伞了？②老爹这么说可真不好。她回击道，爸爸，你看，不是我选了他，是他选了我。老爹也只能无可奈何地承认，这把伞还是有品位的。

诺贝尔托听完笑了，但还是坚持说："你看，不是独生子有好处吧？你妹妹很信任你，找你帮忙。我可没人去帮，也没人帮我。"

吃牛排和沙拉的时候，我知道了他最近的爱好：他成了电台痴汉。他一个叔叔很痴迷这个，而且还挺有钱的，送给他一套无线发射和接收的机器，接收频率的范围很大，最近他就连着好几个小时戴着耳机，与委内瑞拉、波多黎各或是圣克鲁斯－德特内里费的人互相留言。他那么狂热，甚至去

---

① 阿蒂加斯将军（José Artigas）是乌拉圭独立战争期间的英雄。

② 阿根廷和乌拉圭人对巴拉圭人的蔑称就是伞，发音跟巴拉圭有点相近。

报了英语课，他讲得还不算流利，但已经足够和利物浦、渥太华或波士顿的人沟通了。

"你能想象吗，在短波中，西语不是塞万提斯式的，英语也不是莎士比亚式的。你只要知道 hello，what's the weather like，it looks like rain，what a pity，就足够了。你也知道（除去理查多神父），我是有宗教倾向的，希望有一天，我动动手指拨动电话，会突然出现一个严肃的和保护性的声音，说（当然是西语，上帝只对新教徒说英语）：上帝呼叫诺贝尔托。请回复。问题是我回他什么好呢？"诺贝尔托假装很纠结，很明显，他在自嘲，嘲笑他以前的宗教虔诚。

我们点完并吃完了两个双份布丁之后，诺贝尔托邀请我改天去他家："原因有二，一是让你认识下（或是认出）玛鲁哈。二是来看看我的电台设备。当然，你带上玛利亚娜一起来吧。"

过了一周，我和玛利亚娜去了他家。我没认出玛鲁哈，但是她认出了玛利亚娜，让我和诺贝尔托吃惊的是，她们俩是某个修女学校的同学。"蒙得维的亚市是个小村子。"我们异口同声，仿佛我们在唱《弄臣》四重唱。①

当她们聊着在修道院学习时的旧时光，诺贝尔托带我去

---

① 《弄臣》是威尔第（G.Verdi）经典歌剧之一，创作于 1851 年，根据法国作家维克多·雨果的戏剧《国王寻乐》改编。

了他的圣殿。那设备真是棒。他戴上了耳机，给我戴上另一副。他开始调频。每拨一次，就出现奇怪的声音或是听不懂的语言，偶尔也能听懂，一个土库曼人跟一个利马人吵架，一个里约女人有个坏消息要告诉波哥大人。他们互相用字母和数字作为代码，例如 CX1BT（然后解释道：CX1—电池—土地）。这可真是铺天盖地的信息。世界的声音都在里面。这会儿我都不觉得诺贝尔托等着上帝声音出现有什么奇怪的了，因为这设备可以无限制地接收信号。毫无疑问，一定有来自银河系的声音，也许上帝每周日都去那里休息（从创世纪起就养成的习惯），就跟我们周末去波特苏埃洛或是帕洛玛一样。[1]

诺贝尔托起身，示意他去找两位女士来听听这些声音，这些声音有时候也夹杂着尖啸声，跟卖花生的叫卖声似的，或是喧闹地喋喋不休，有的听起来又像雷声，又像机关枪，或是魔鬼的笑声。

我一动不动地听着，被世界的声响吸引住了。高亢的声音，但很纯粹，来自波哥大，与一个加勒比口音浓重的人，可能是马拉开波人，在"请回复"和"请回复"之间，建立了间歇性的联系，他俩在聊棒球最新赛季的比赛结果。我觉

---

[1] 波特苏埃洛（Portezuelo）和帕洛玛（La Paloma）都是乌拉圭的度假胜地。

得太无聊了，拨了下电话。在我的耳机中响起："丽塔呼叫克劳迪奥。请回复。"我简直不敢相信我的耳朵。两分钟以后，声音再次响起："丽塔呼叫克劳迪奥。请回复。"

我感到诺贝尔托把耳机从我耳边拿走了。玛鲁哈和玛利亚娜已经进来了，我都没发现。诺贝尔托问我怎么了。"他脸色苍白，"玛利亚娜说。"我也不知道，我不知道，也许是太多的声音让我头晕了。""我感觉你晕过去了。"玛鲁哈说。"可能是，"我承认，"就算头晕了或是昏厥或是睡过去了，我还是坚持听着一个个声音，一个个留言。""我不相信你晕倒了，"玛鲁哈说，"你的眼睛睁得那么大。"玛利亚娜笑了："好像看见鬼了似的。"

不总是这样

　　我终于认识了伞哥。他非常害羞，在他面前，我简直像是英国国王"狮心王"[1]。他的眼神挺坦诚的，随时迸发的笑声很容易传染人。像我认识的所有的巴拉圭人一样，他的脸是印第安人的脸，他不光会说西班牙语，还会说（特别是会唱）瓜拉尼语。我们得非常坚持，他才肯一展歌喉，只要有超过三到四人在场，他就绝对不开口唱。他的声音真好听，瓜拉尼语仿佛就是为了唱歌而产生的。小埃莲娜自然是如痴如醉地看着他。

　　有时候他俩一起来酒店，大概是想让老爹跟他熟悉起

---

① 　理查一世，中世纪英格兰的国王（1189—1199年在位），因勇猛善战而享　有"狮心王"的称号。

来。老爹可不是清教徒，但是也不敢给自己的女儿提什么建议。老爹心里非常清楚，索尼娅和埃莲娜之间的关系一般，没法指望她去教导埃莲娜，所以拜托我代为教她两性关系的一些基本规则。其实老爹害怕的是伞哥让她怀孕。因此，我只能硬着头皮去谈这个棘手的话题。结果大吃一惊。伞哥性格害羞，但一点儿也不傻。他知道采取保护措施。"克劳迪奥，你放心吧，"小埃莲娜在我还没开口之前就截住了我的话，"跟爸爸说让他别担心，我们还不想给他生外孙。"这次的对话让我沉思了很久：时代不同了！我那时候还只是低声地害羞地跟一棵松树偷偷说这类事情。我觉得自己很滑稽，就跟当年的华金娜姨妈一样。

自从那次证实了他们的早熟，我决定不再用伞哥这个名字叫他了（连脑子里都不这么叫了），而是叫他的名字，让我羞愧的是，他的名字只有一个，再无其他：何塞。看着何塞和小埃莲娜在酒店的花园散步，贴得那么紧，我好奇他们在哪里犯下爱的罪过呢。这害羞的小伙子住在工会的客栈里，和他的同乡们一起住，那里不允许秘密访客，更别提未成年人了。哎，他们自己会有办法的。

我看到树上刻了更多的首字母，只是现在的情人缺乏想象力了。在一堆新刻的字里，因为不用解释的原因，我注意到了 C 和 R[①]。我突然挥手驱赶这东西，仿佛这是一团蚊子。而且，就算是丽塔刻的，她也不会刻成 C 和 R，而是 R 和 C，这点我还是确信的。

很久没来这片熟悉的松树林了。我的独处时间很快就被打断了。索尼娅出现了，她坐在了老爹在大减价期间购买的广场长椅上，毫无疑问，跟周遭环境还挺和谐。"跟我讲讲，"索尼娅说，"很久之前我就想问你。既然你和玛利亚娜相处那么愉快，你们为什么不结婚呢？"我不知道为什么她的这个问题让我很生气，差一点儿就脱口而出关你什么事，你又不是我妈，等等。她发现了我内心的挣扎，嘟囔着说："对不起。"我才收住我的一长串的责骂。我不后悔忍住了我的责骂，因为索尼娅不是坏人，而且对老爹很好。

他们爱的方式（不可能不存在）对我来说是一个谜。我从来没见到他们互相抚摸，更别说在公共场合亲嘴了，在家里也没见到过，我觉得他们的拘谨不是因为害羞，这就是他们的相处风格。另外，他们相处得很愉快，可以说（我从来没跟任何人说过这些）他们的婚姻经营得不错。我再一次觉得自己跟华金娜阿姨一样很滑稽。

"到目前为止我们还没有考虑过这个，"最后我这么回答

---

① C 和 R 分别是克劳迪奥和丽塔的首字母。

了索尼娅，"无论如何，你不觉得婚姻只是一个手续吗？对在一起生活的伴侣来说没什么意义。"索尼娅抬起了头。我不知道她是看向远处还是看向她自己的内心，随后说道："不总是这样的。"

再遇马特奥

　　自从上次见了诺贝尔托和玛鲁哈，重温了在卡普罗生活的旧时光，克劳迪奥就经常梦见儿时的场景，特别是想起一个人：瞎子马特奥。他觉得很抱歉。在他跟马特奥说"暂时再见啦"一段时间之后，马特奥也搬离了卡普罗。还有个新闻：他结婚了。他好几次试图调查马特奥的消息都无果，现在责怪自己当时怎么没有坚持找。没有搬离蒙市却消失在人海中，这是不大可能发生的事。

　　他给诺贝尔托打了电话，尽管他跟里卡尔特一家人没怎么相处过，还是要到了玛利亚·尤金尼娅的电话。克劳迪奥给她打了过去，她听到克劳迪奥的声音非常高兴，显然她还没忘了老邻居，当然也把她哥哥的地址和电话给了他。"最好别打电话，直接上门去看他吧，这样会给他个惊喜。这周日下午去怎么样？"

他周日下午就去了。他家在戈尔达角的海滨，是个两层楼的房子，不奢华，但很漂亮。一位年轻的姑娘给他开了门。"您是克劳迪奥吗？我是路易莎，马特奥的妻子。我小姑子告诉我你要来。马特奥可什么都不知道，跟我来吧。"

他跟着进去了，仿佛是要把自己引入过去。他充满了期待，也有一点儿不安。他想着自己已经不再是孩子了，马特奥估计也有三十三岁了。这样成人对成人的关系会是什么样的呢？

路易莎开了门，他们就进了一个光线充足的房间，一扇大窗对着海。马特奥背对景色坐在摇椅上，听着广播。克劳迪奥觉得他没什么大变化，尽管第一眼的印象是他头发少了些，体重稍微重了些，不多。

"把广播关了吧，"路易莎说，"我给你带来了个重要的客人，你猜得出他是谁吗？"马特奥笑了："过来，克劳迪奥，我想给你个拥抱。"路易莎和克劳迪奥疑惑地看着对方。马特奥自己走了过来，热情地用力抱了下客人。

"你们可别把这归功于我瞎子的直觉。我妹妹，卡普罗著名的祖传凉肚子①，还是忍不住告诉了我，她半小时前给我打了电话。我得感谢她，这样我才能调整好心情迎接我尊贵的客人。"啊，叛徒。"路易莎说，"我小姑子真是靠不住。"

很明显，马特奥非常高兴。当克劳迪奥开始说话，他一下打断："你现在的声音真不可思议！以前我听你的声音好像小提琴，现在成大提琴了。当然，各有千秋啦。我现在还没想象出你成了男人之后的身体和样子。"

路易莎乐呵呵地参与了这场重聚。她出去了一会儿，拿着几个杯子和一桶冰进来了。

"你看看我现在的状态怎么样？你注意到我老婆的这几个兔牙了吗，可爱吗？不仅是好看，还好嚼。你呢，你还在学习吗？你有女朋友了吗？你爸爸怎么样？有人跟我说他在管理酒店，还再婚了。你妹妹呢？"

被问题淹没了的克劳迪奥，慢慢拆分答案，每次说到一半，就被瞎子的新问题打断了。他的这位朋友喜气洋洋的，克劳迪奥可没把他的兴奋归到自己的到访上。马特奥那么开心，原因很简单，他很幸福。

在这么欢乐的气氛中，真是很难认出以前的他。他记忆深处有个地方还很想念以前那个平静的、安详的、聪明的、

---

① 凉肚子（Estómago resfriado）意思是大嘴巴，藏不住秘密。

卡普罗的那个马特奥·里卡尔特。

当路易莎让他们俩独处时，瞎子陷入了几分钟的沉默，然后说："我猜，你看我这么能说，这么闹腾一定很奇怪。有时候我连自己都不认识了。你知道为什么会这样吗？自从我认识了路易莎，什么都变了。按我以前瞎眼的傻乎乎的日子，是没法想象我现在的生活的。谁敢嫁一个瞎子老公？另外一个盲妹？可能吧，但是我从来没找到。有一次，一个叫丽塔的盲妹来找我，最后我发现她不是瞎子，我讨厌人家骗我。我跟路易莎因哲学、数学、文学、文化而相爱了。也许你会说，怎么能因为这些东西爱上人呢？你有你的道理。但要不是因为这些，我们不会相识，更不会一头扎进爱河。我父母和我妹妹告诉我，路易莎很美，我也不需要他们来跟我证实。我自己知道。这样的经历真是少见，你不觉得吗？从抽象的数学到具体的躯体之爱。我跟你保证，我用我的四种感觉去爱她，我不需要第五种。我们俩的第五感官就是幽默。我们还需要什么呢？无论如何，我的手可不瞎，对她很了解。"

"你的家真漂亮。"克劳迪奥说。"是啊，我喜欢海边的房子。我看不见灯塔，但听得见海浪。有时候，我在窗边待很久。听海浪声真是件美妙的事情。乍一听都一样，但是其实每次的海浪都不一样，带来不同的信息。你想想，我会说三国语言，却听不懂浪声！我们还有很多东西要学习！有时候我安慰自己说，听不懂也没什么大不了的。海的声音是音乐。谁会想到去听懂勃拉姆斯、巴赫或是勋伯格的音乐语言呢，他们也不是为了让我们听懂而谱曲的，而是为了让我们享受音乐。海浪声是我的《升华之夜》[①]。"

克劳迪奥在那待了两个小时。路易莎请他留下来吃晚饭，但他已经约了玛利亚娜去看电影了。"你得带她一起来。"路易莎说，她突然就改称"你"了。他再次拥抱了马特奥作为告别，路易莎送他到了门口。他崇拜地看着她。"看到马特奥这么好，这么幸福，你不知道我有多高兴。""我知道。"她也笑着点头，"我俩很好，很快乐。"克劳迪奥在消失在咸咸的空气中之前，记住了这个复数的表达。

---

① 美籍奥地利作曲家阿诺尔德·勋伯格（Arnold Schönberg，1874—1951）1899 年根据德默尔抒情诗《净化之夜》所作的《升华之夜》（ *Verklarte Nacht* ）。原为弦乐六重奏室内乐作品，后于 1917 年改编为弦乐合奏曲。

一个奇迹

那天我们去诺贝尔托家，正要离开时，他把我叫到一边，递给我一张对折的纸。"你晚点看。这是个小故事。我不知道是不是有价值。也许是我自我消耗和宗教观转变的结果。"当天晚上我没打开读，过了很多天，在玛利亚娜家，我才打开这张纸，题目是《一个奇迹》：

一个神奇的圣人。就是这样。镇上的神职人员发誓，看到他曾出汗、出血，还哭泣了。有家旅行社还从首都组织人们来旅游，瞻仰圣容。有些人说是圣米盖尔；有些人说，是圣多明戈、圣巴尔托洛梅；另外一些人还确信他是圣塞巴斯蒂安。很奇怪，因为他手里没有箭。教堂内部没有办法达成一致，只能暂且简单地称他为圣人。无论如何，牧师看到善款如潮水般涌来，自然很开心。

马赛拉不是来观光的。她和父母一直都住在这个镇上，她小时候就认识圣人。他的形象在她小时候的梦里出现过。现在她已经十七岁了，是方圆几十里内最美的美人。

圣人长得不错，当马赛拉去教堂跪在圣人侧面的圣坛前时，他的热忱里都含有了一丝凡人的爱意。一个周一的上午，教堂里空无一人，小女孩靠近圣人，长时间地盯着他，这次她长叹了一口气，靠在他身上，仔细地吻着他石膏做的遭受疼痛的脚，然后边吻边抚摸着他斑驳的腿。

突然她感到手臂上湿了。一开始她简直不能相信，但确实发生了。怎么看都是一个从未为人所知的奇迹。因为这个既不是眼泪，也不是鲜血，而是别的东西。

"你觉得怎么样？"我问玛利亚娜。"我不知道。我觉得很困惑。我觉得它挑战了常规界限。这是在文学中不经常出现的界限：区分宗教和色情的界限。"

她扬了扬眉毛，问我的意见。"我很喜欢，也许就是因为它在打擦边球，圣人也被人性化了。最后这段把他从一个石膏人变成了肉身的人。""你跟诺贝尔托会怎么说？""就这些呀。"

资本是另外一回事

有段时间，我经常去看我叔叔埃德蒙多，我老爹的弟弟。我觉得他人不错，但我们接触得很少。他只是在守灵的时候（妈妈去世）或是在婚礼的时候（老爹与索尼娅再婚）来看过我们。他们兄弟两个关系不错，经常打电话。埃德蒙多很不愿意串门。他老婆，我婶婶阿黛拉，在我小时候住在宪法街和格艾斯街岔口的时候，对我可亲热了，可惜因为医疗过失或是信息有误不幸去世了：一个不专业的护士给她注射了一针不知道什么药，她正好对这个药过敏。对叔叔来说，这是个非常大的意外打击。那时他们很年轻，尽管对我来说，他们当然是成年人。因此，埃德蒙多仿佛是在一个长跑途中因筋疲力尽而弃跑的选手。

他好多年才从另一半的缺失中走出来，所以他才那么热忱地参与工会活动（他以前是银行家），他狂热地阅读，自学政治学，最后脱胎换骨了。当我在犹豫自己要不要继续学习的时候，他作为自学专家，跟我说，大学不是学会明事理唯一的地方，一个人完全可以靠自己的激励，努力给自己扫盲，"你会看到你学到的文化，不一定能帮你赚到钱，但学知识不再是个折磨了，而是一种享受"。

我最后决定不去参加高考，而是专心致力于画画。我也（一开始是为了模仿埃德蒙多，后来就是靠自觉了）开始大量阅读，心情愉悦，加大了学习的强度。他在政治领域指导我，但我也从小说、诗歌、故事读起，我觉得这些对我这个画家而言更有益处。埃德蒙多的精力主要花在工会活动上，但他什么都懂。他随心所欲地，用他日常交流的方式，教会了我很多知识。

有一次我问他，既然他这么关心政治，为什么不参加一个党派呢，他说他想过很多次，但发现自己更喜欢工会的工作。他是个中产阶级，有这个阶级所有的偏见和限制，但他在银行界的工会活动，能让他经常接触工人，他觉得这活不仅丰富了他的政治和社会经历，并且丰富了人性。"他们可是伟大的人。"他说，"尽管跟我们比更简单、更原始，但在面对很多让我们犹豫的问题时，他们非常坚定，一般来说，从不犯错。"

他笑了起来，他的笑声总是那么真诚，接着说道："你看，在工人阶级面前，我不觉得自己低他们一等，因为我觉得我们从他们那学到了东西，他们也从我们这学到了东西，尽管他们可学的更少。体力劳动给人一种核心的智慧，可能是因为劳动者用手触碰事实，而我们只用数字和表格接触事实，这些总把人困在抽象的洞穴里。甚至是在少数几个人的大账户中的财富，特别是外币账户，也是抽象的。一个九到十位数的存款，和小户的存款（三四位数的存款）是一样的。在银行里，财富不是一公顷一公顷的土地，几千头的牛羊，埃斯特角的豪宅，巴拉圭街的仓库。在银行里，财富是数字，数字一般都很细，有的甚至只是根细杆，例如 1 和 7；6 和 8 虽然比较肥（有双下巴和啤酒肚），根据他们所在位置，是在小数点的左边还是右边，意义就大不一样了。"

他就这么说着，纠结在他自己的财务比喻里，最后感叹道："真是疯了！你别把我的话太当真。资本是另外一回事。"

茉莉斯卡难过了

　　我从来没见过茉莉斯卡哭。这个南斯拉夫女人总是充满惊人的活力，能量无限，干活的时候总是很享受，在我家内外，越来越多的人认识了她，她的性格让蒙得维的亚人感到吃惊和困惑（我们没有那么乐天）。

　　一天，我发现她在院子里哭，完全沉浸在悲伤中，都没发现我进了家门，通常这个时间家里是没人的。我把手放在了她肩上，她紧张得抖动了下身体，又吃惊又羞愧地看着这个闯入她隐私的不速之客。

　　"发生什么了，茉莉斯卡？你哪里疼吗？"茉莉斯卡放声大哭，更加放肆。突然她停了下来，看我的眼神真是让人同情："你允许我抱拥你吗？""那还用说吗，茉莉斯卡。"我抱住了她，这个举措让她再次放声大哭。

我又问了一遍，发生了什么，是不是哪里疼。"魂灵疼！就因为这个！"在这种时候，她那无意识的幽默不像往常那样让我觉得好笑，确实没办法嘲笑人家无法抑制的伤痛。"你看到了你们国家的坏消息？"茉莉斯卡摇摇头说，"都很怪奇，以前来从没有这样难过。"

我拿来一张椅子，让她坐下，给她递了杯水。然后我就不知道做什么了。我发现我得赶紧解决这个问题，不然的话我自己都要哭了，这样的话，我在茉莉斯卡面前就抬不起头来了，她的人生教条之一就是："男人不泪流。"

还好，她的信任比我的眼泪先到了。她承认自己迷茫了。她让我别误解，以为她在我们家过得不好。"你们像我的人家一样。"她这没有语调的发音一直重复。但是突然（当天下午，不知道为什么），她突然很想念家乡。她怀念家乡的野果子，日暮时分土地的味道，她母亲的脸庞，夜莺鸟的歌唱，斯库台湖上的蓝绿色的波纹，如天花板的苍穹，据我判断，这就是典型的思乡情结。"这里也有天空。"我企图安慰她。"啊，对。"她嘟囔着，"但是心星太多了。不像花天板，像院剧。"

我问她是不是想回老家。"回去？绝对不。如果我回去，我会很想乌拉圭，你们都对我很好，我会想滩海，想念石头城的人家。""那怎么办？""你别担心，尤其不要跟爸爸先生说，也不要跟索尼娅说，也不要和小埃莲娜说。我是有点疯疯癫癫的。您理解吗？明天我一定会开开心心的。您看到了我被悲伤击中，看到我对黑山共和国的思念，为什么不可以呢，但是我不会因为这个回黑山去，不想在黑山想念蒙得维的亚。您理解吗？"

我理解，但是也就是个大概吧。总而言之，我感觉她的西班牙语变好了，真让我吃惊，她的悲伤居然有课堂的功能。我突然想起了件事。我问她多大了。她握住了我的手，在我手心画出了 52。我长舒了一口气。真幸运，我们不会失去她了。我在内心咀嚼了这个秘密。茱莉斯卡并不是疯了，而是更年期了。我猜想，有这种可能，流亡者的更年期比在家乡更加痛苦吧。

过去未完成时

死亡在生命之中。

——费尔南多·佩索阿[1]

说起来真是不可思议，茱莉斯卡假惺惺的悲伤让我难过了好几天。她自己倒是二十四小时之内就恢复如初了。第二天早上就在厨房边唱歌边做早饭了，昨天遭受了那么痛苦的思乡情，现在也没唱家乡的歌曲，唱的反而是一首探戈（我从曲调上猜是《过去的角落》），她在石头城的家人给她翻译成了塞尔维亚－克罗地亚语。我突然特别好奇，这一句探戈

---

[1] 费尔南多·佩索阿（Fernado Pessoa，1888—1935），葡萄牙诗人与作家。他生前以诗集《使命》等作品而闻名于世。

名句用那么遥远的语言来唱是什么感觉："肮脏的咖啡馆的小巷，却藏着班多钮琴大师。"但我忍住了，只是赞美了她做的牛奶咖啡和吐司。

我躲也躲不开的是阴云密布的阴天。这几天非常冷，冬天可恶的冷风让我们忘却蒙得维的亚在其他季节里是多么好客和宜人的城市。

另外，玛利亚娜跟欧菲利亚一起回了马尔多纳多。我没什么画画的欲望了。在公司就是做着必须做的工作，没有什么创意，我的情色钟表都让我厌烦了。

冬天天气实在太冷了，还经常下雨，去酒店的时候，我没法待在花园里。往常，花园里的老树总是能让我平静，给我灵感。一天下午，我钻进了二层一间没人住的房间（谁会在这么恶心的冬天来蒙得维的亚呢？），里面有一把摇椅，我把它搬到落地窗前，我在那儿待了几乎两小时。一个人，静静地。

我没有任何的计划，只是为了整理下我混乱的内心。我开始剥开我的过去未完成时，也就是我不完美的、简陋的、胆怯的、不成熟的、亏空的、随意的、扭曲的、脆弱的、易碎的、漫不经心的以及其他等等的过去。到现在为止我做了什么？世界就这样用愚蠢的战争自我消耗，将自我撕成碎片。

成百万上千万的逝者和我，都做了什么？我在这摇椅上看着冬日的荒凉，想着自己的悲伤是为了什么？

　　我陷入了卡普罗的童年回忆，却一直没有回去看看。我是离开了卡普罗的流亡者。这个街区，究竟是由公园、力拓球场、我床前的无花果树组成的，还是由我常一起玩的邻居组成的？我还记得他们，但也忘了他们。卡普罗是22路电车打铃的地方，那些飞车党玩杂技的地方，可以穿到乌拉圭街的近路，还是我和马特奥的对话，抑或是总是给我传递温柔的母亲温暖的怀抱？谁曾是、过去是、以后也会是那个无花果树上的女孩？那个偷偷溜入我房间、运动员咖啡馆、十八街的阴暗的玄关处，总是让我颤抖和沮丧的丽塔？

　　有一点我是肯定的：我再也不想知道丽塔的消息了，但无从得知的是，丽塔是不是不想知道我的消息了。希望如此，我心想。我在摇椅上和不确定中摇晃。我对玛利亚娜的爱没有变，反而加深了许多，我是这样，她也是。但我总觉得这份爱受到了威胁。这不是我的第一次发现。在这种时局下，这样的时代，谁没感受到威胁呢？这也跟当下的时局和时代没关系。人总是活在威胁下。死亡就在生命之中，有人说过。我一直没有理解，为什么诺贝尔托能像鹦鹉一样（还好现在不行了）把理查多神父的陈旧的课程都复述出来，他讲的地狱的故事让他充满恐惧（以防万一，这位白痴神父从来不跟他讲天堂）。我想了想，我们的意识可能同时是我们的天堂和地狱。著名的"最后的审判"我们一直带在胸口。我们没有意识到，每天晚上我们都在经历最后的审判。根据审判结果的好坏，我们要么平静地睡去，要么翻来覆去做着噩梦。我们不是全知全能的所罗门，也不是自我剖析的心理分析师。我们是自己的法官和陪审团、检察官和辩护律师，还能怎么办呢？如果我们自己不会惩罚自己或是宽恕自己，谁又能做呢？谁有我们自己那么多隐秘的审判证据呢？难道我们从一开始就知道，并毫不怀疑，我们什么时候是有罪的，什么时候是无辜的？

我想起了老爹，想起了姥爷哈维尔，想起了索尼娅、小埃莲娜、何塞、埃德蒙多叔叔，当然还有玛利亚娜。我对玛利亚娜有最深的了解，细致到毫米。对其他人，我了解得还不够。时间就这么过去了，我把它浪费了，我们所有人都是。我们如何更爱对方？我们如何跨过漠视的围栏？我不想等到葬礼的时候才开始珍惜我身边的人。确实是：死亡就在生命之中。但我们可以让死亡去休假，不是吗？它已经工作那么久了，让它休息会儿不好吗？我们一点儿都不想念它，但它总会回来的，它回来的时候，会轻触我们的肩膀。

最新的陈旧

身体，在反复和深入地结合之后，幸福地、感激地、静静地躺着。共同的呼吸传递着双重满足的感觉。只有双手在寻找着对方，但已不再寻找性感的地方，那些给身体带来欢愉的地方。这时候只有平静、祥和。

玛利亚娜说："我对你来说是个旧人了吧。"克劳迪奥的手动了下，摆出询问的姿势。"嗯，我旧了，是因为我的器官再也不去寻求试验性、先锋性的东西，不去探索不常见的、夸张的、奇怪的体位。只要你在我身体里，耕作、摇摆、溢出就够了，对我来说，世界上没有比这更美的东西了。你失去新鲜感了吗？"

克劳迪奥继续盯着一块潮湿的斑，他总喜欢盯着那儿，斩钉截铁地说："我喜欢陈旧的。""复数吗？"她问。"不，单数。我喜欢玛利亚娜，我认识的最新鲜的故人。""那丽塔呢？她是旧的吗？""我自己都不清楚谁是丽塔，我很确定她不是旧的。""你呢？你是怎么样的？""我是无用而可笑的。"

街上传来救护车的鸣笛声。他俩沉默了一会儿，直到声音在远处消失。"你知道索尼娅问我什么吗？她问了有段时间了。她问我，咱俩的关系是不是真的像看上去那么好，如果是的话，为什么我们不结婚。""是个爱管闲事的女士，不是吗？""我也觉得，尽管没当着她面说。她发现我很不喜欢这个问题，赶紧退了回去，但这个问题让我思考了很久。""思考？你别跟我说你想结婚了。""我只是说我思考了。""哎。""你觉得呢？""我什么也不觉得，还从来没想过这个事情。你跟我说说看，我俩好不好？""当然。""那你怎么想？""自从索尼娅的小问题让我动摇了，我开始想象我们的日常生活，有个小公寓，可以随时自由支配，而不像现在这样，只有周末，要等欧菲利亚回马尔多纳多的时候，才可以相聚。""如果我们有钱买的话，我们可以不登记就住在一起。"

街上传来了女人的尖叫声。"是对面的老女人们。她们傍晚总是聚在一起，就像是我个人的《三钟经》[①]。"他俩笑着，身体放松了。"如果我们靠运气来决定呢？"克劳迪奥问。"扔硬币看是正面还是反面？""不能玩那么简单的。找个更好玩的。我们搬家、买家具都需要钱，是吧？我们去一次赌场，就一次，带上很少的钱。如果我们输了，也就这么些钱，我们没啥变化。如果我们赢了足够多的钱，就准备婚礼和搬家吧。""好的。但你一个人去吧，我跟游戏没什么缘分。我跟你说过，我就是老脑筋了。"

---

① 《三钟经》是为记述圣母领报及基督降生的天主教经文，由于诵念《三钟经》是在早上六时、中午十二时及下午六时，教堂会鸣钟以提醒信友祈祷，故得其名为"三钟经"。

地下一层

（老爹的日记草稿的片段）

为什么我要写这些草稿呢？年纪渐长，人就开始感觉到时间越来越少了，也许正因为这个，就开始自我欺骗，觉得把每天的生活写下来就是一种阻止这挫折的手段，尽管非常原始。当然谁也阻止不了。没有人、没有任何东西能束缚住时间。

每天在我们面前展现的事件和图像（景色、新闻、欢乐、脸庞、阅读、惊喜、不幸、危险、典礼、人群），在某种意义上，都改变了我们的生活，尽管改变的只是人生预设轨迹的千分之一。一天天，一月月，一年年后，我们很可能会后悔，没有记录下这些趣事和变迁。

我从来不相信私密的日记，我觉得人很少能触到自己内心深处，只有在非常美妙或是令人心寒的时刻才能做到。在人的一生中，可能只会经历三到四次。所以模拟自己每天都达到那个深度是个伪命题，最好的情况下也不过是触到了心底的地下一层。

不过，把自己看到的、触到的、喜欢的、闻到的、听到的忠实地传递出来也不简单。我希望我的这些草稿就是这样，好像一个笔记本，是感官的笔记本，在最隐私的地方记录感受和评价，加入最终的思考。

今天，在酒店，我跟两个人进行了令人不安的谈话。第一个是美国人，艾奥瓦州人。我以为他是中型企业的副经理或第三位的副总裁之类的，因为要是他级别更高，就不会住我们酒店了。他问我从哪里可以找来小姐，我说没有哦，只有四星级、五星级酒店才提供这种服务。他说真遗憾，因为这个国家让他觉得舒服。我问他为什么，他说这里没有黑人，如果他电话召妓，来的肯定是个白姐。我跟他解释我们国家大约有百分之二的人口是黑人。他大声地欢叫，因为"百分之二又不算什么，随时都可以消灭他们"。我问他是做什么的。出乎意料，他不是副经理或是副总裁，他是一个西班牙语语言学专业的教授，刚出版了一本《西班牙浪漫小说中的夜莺》。他跟我讲，他对西班牙古典文学特别感兴趣（他西语确实说得不错），对西班牙特别感兴趣，其中一个原因也是那里没有黑人。他利用假期去过好多个拉美国家的首都，为他正在开展的研究寻找素材，他主要研究从格兰德河流域至巴塔戈尼亚地区情色和色情术语的变化。他问我在乌拉圭，哪里可以找到这方面的最明显的案例，我推荐了塞罗和埃斯特角，他在一个巨大的本子上仔细地记录了下来。

第二个是乌拉圭的低级军官（可能是个中尉），在酒店招待阿根廷来的一位同仁，可能对方的军衔也跟他差不多。客人外出了，他决定在酒店等他，我带他进了我的办公室。我问他是不是认识这个阿根廷人。"当然了，我们见过好几次了。我喜欢和他说话，总是从他那学到些东西。阿根廷人总是有全局观。我指的是所有人，从将军到小兵。我们的军官仿佛被注射了官僚病毒，会生出舒适的肿瘤，还有无法控制和不可逆转地疯长的民主细胞。这个国家正在瓦解，在一切为时过晚之前，我们要一次性地重建它。马克思主义就是一种病毒感染，你不知道吗？"

有一阵我觉得这位中尉也许可以带来很多的潜在客户，但我还是跟他说不，我不知道。

不能再这样下去了

他既担忧又好奇地去了名为"公园酒店"的赌场，他的心情只能拿戴维·利文斯通应马克洛洛酋长的邀请到访赞比西河时的感受来形容[①]。那番天地，绿色毯子、幸运之轮、堆成山的签，男中音和女中音的庄荷小哥小姐、妓女、过气的土豪、衣衫褴褛的贵族、未来的部长、玩鬼把戏的巫师、激动的幸运客、输得想自杀的赌客，克劳迪奥从来没有踏上过赌场的地板，这里像是一个让人惊奇和揭露事实的丛林。

他刚进去的时候，买了少量的签，这已经是他投资总量的一半了。他没着急去赌，而是在好几桌之间徘徊。他靠近

[①]　戴维·利文斯通（David Livingstone）是英国的探险家，到非洲的赞比西河发现了维多里亚瀑布。

百家乐，但立刻觉察到这个玩法需要一种灵敏的嗅觉和适宜、精湛的技艺，这些他都没有。

他判断，轮盘游戏在他能力范围内（他对这些规矩更加熟悉，多亏他看了无数拉斯维加斯和蒙特卡洛的电影），不只是因为它规则简单，而且是因为它靠纯粹的运气，所有玩家的条件都是平等的。在轮盘上，没有陷阱和特权。他很快断定这个游戏是最民主的。

他靠近了一张桌，从一个玩家的肩膀上方看过去，记住了不同的可能，也默默记下了自己的偏好。这里到处都是做笔记的玩家，他们可不是默记，而是拿着皱巴巴的本子，写下别人不断喊出的数字，以便计算数字出现的频率，妄想解开无法估量的命运之轮产生的数字循环。克劳迪奥看到所有的记录者都是男人。女人不记笔记，她们只是玩，拼命地玩。

在那些记录者中，在两张桌子的正中间，有个年纪稍大的人，穿着昔日大品牌的衣服，胳膊肘和膝盖处都磨光磨旧了。此外，上衣的一个口袋已经修补过了。他秃秃的头顶锃亮，脑袋上有银白色的刘海，他的近视眼上戴着一副早就该加深度数的眼镜，正在翻看一本装订好的灰色封面的本子，以前这封面大概是白色的。他不只记录了这两张桌子上的数字，还记下了其他几张桌子上的结果。因为行动不便，还没来得及确认象牙球最后落到了哪儿，或是听不到庄荷的吆喝，就在旁边问问其他的玩家，其他人也都对他很亲切，任他来问。

　　最后克劳迪奥决定开赌了。最后报出的数字是 5。他决定全靠运气了，而不去听旁人预测的谣言。第一把（也是他一生中的第一把）再抽第二轮时，他很谨慎。黑色 15。他很乐观，把签都押到了最后一个。红色 34。他把签放到了 8 和 11 之间。黑色 8。叔叔是明智的。当时他跟叔叔讲自己的计划时，埃德蒙多鼓励他说："很好，如果你只玩一次，你肯定赢。运气总是留给新手的。新手上钩了以后，慢慢地被带到破产的境地。你小心点。"

　　他把赢到的签收到一起，准备放在 11 号上，第一次挑战一把全押，有人在他肩头说："你好，克劳迪奥，看起来不错。"他正想回头看看谁这么讨厌，庄荷说不能再放赌注了，对面的一个胖男孩模仿他的口气说：Rien ne va plus①。庄荷生气地瞪了他一眼。克劳迪奥才发现，他把所有的签都拿在了手里。黑色 11，声音传来。

　　他还在生闷气，最后终于认出了那个人。第一眼没认出来，后来他嘴角的样子和眼中的闪光，才让他想起，这是他

———————

① 法语，意思是不能再这样了。

171

的表兄费尔南多，自从搬出卡普罗后，两人很久没见。他胖得像肿起来了，鼻子也变大变黑了，眉毛稀稀拉拉，留着两三天都没刮的胡子。

克劳迪奥决定放弃这桌（反正也赢了点），觉得表兄的出现中断了他连胜的运气。他在赌场才待了一个小时，就开始迷信了。他们约着去喝一杯，庆祝下这次的重逢。威士忌在手，两人才觉得舒服些了，仿佛回到了"卡普罗群龙"咖啡店。

在嘘寒问暖之后（我们多久没见了呀？你还记得力拓吗？你还在蒙得维的亚还是在梅洛？你结婚了吗？你呢？）克劳迪奥问他是不是做足球教练呢。"你疯了吗？！谁跟你说的？丹尼尔？他到处乱讲，好诋毁我。我只当了两次裁判，在学校联赛的时候。""哎，做教练又不是低贱的工作。""我知道，我知道，但是丹尼尔就非得那么说来惹我。你知道我俩吵翻了吧？多少年没讲过话了，成了假兄弟，是吧？"

问他是不是知道丹尼尔在哪。"我觉得他可能在加拿大，他一直到处旅游。他没给你寄明信片吗？他给所有人都寄了，当然除了我。""你自己也旅游了呀。""对，我出去过几次。后来就腻味坏了。无聊得要命。你能明白吗？因为我老觉得有更有意思的东西，例如黑猩猩，不过得是一只会享受的黑猩猩。你有没有在多洛雷斯镇看过猩猩性交啊？它们爽得跟喝高了一样。总之，我厌倦了。我去过的是战前的欧洲，像鲁本斯画的胖子、格列柯画的瘦子、奥斯曼帝国的宫女、方尖碑、埃菲尔铁塔、比萨斜塔，都让我疲惫。我无福消受这么多文化，消化不良会胀气。我是马黛茶、葡萄酒和炸面包屑牛排培养出的一代人。"

费尔南多有那么几秒走了神，然后压低声音说："你知道为什么丹尼尔和我吵翻了吗？我们以前总黏在一起。以前我们一起干过无数调皮捣蛋的事情。我过去的法语老师说过：cherchélafam（钓马子）。曾经有个女孩，比较会撩人，我们在一起玩的时候，她从面前走过，扭动着她的屁股（顺便说句，她可是个美人），当然，我们俩同时爱上了她。正如保守派说的，这是个 Graso error（大错）。我俩都觉得自己是女孩更喜欢的那个。丹尼尔和我开始讨厌对方了。每次她经过的时候，总会有一群男孩在那围观她的臀部，我们就更加憎恶对方。直到二月的一个下午，天气热得让所有的人狂躁，这妞儿又从眼前走过，与往常一样诗意地扭动着臀部，但这次手挎一位屌丝男，他唯一的财产就是一个小型雷诺车模，而这些不幸的家伙差点儿要做该隐做的事[1]（哪怕这弑亲者从来

---

[1] 该隐是《圣经》里的人物，他因嫉妒杀害了亲兄弟。

没有过真车），才能获得跟这姑娘上床的机会。我记得，看着这双料的欺骗，丹尼尔和我目瞪口呆了。但是事实来得太晚了：我们无法停止讨厌对方，就到了今天这个样子。"这会儿，费尔南多得停下来喘口气，克劳迪奥借机问他是做什么工作的。"我是做新闻的。我很喜欢，你知道吗？我处理一般的新闻，但是我更喜欢血腥的事件。领导知道我的喜好，每次有这方面消息，他总发给我，我很感激。你得看看我对死者的描述，我个人更喜欢对女死者的描述，特别是光着身体的女死者。你能想象我怎么写吗？我会很准确地描写：'这个不幸的年轻女子的身体完全没有衣着覆盖。'经理说我的写作风格最适合血腥的犯罪案件，我也觉得可能他说得对。"费尔南多的行话让克劳迪奥觉得像丹尼尔说话的样子，当年在卡普罗，他还沉迷于阿瑟·柯南道尔先生。

突然费尔南多看了眼手表，说已经很晚了，他得走了。"你还接着玩吗？"克劳迪奥问。"不玩了，今天玩过了。最近手气不算好。今天又在这儿浪费了半个月的工资。""你在写血腥案件时有奖金吗？""很不幸，没有。就靠工资活着，描写双重激情犯罪案件和报道一个旋毛虫病大会，报酬没有差别。我得赶紧走啦，今天我得写一个理发师的案件，我给你留张我的名片，你可以给我打电话，讲讲你的生活，今天都是我说，跟个鹦鹉似的，你一句没说，跟 H 一样不发音①。"

告别了费尔南多，克劳迪奥靠近吧台，问侍者有没有土耳其咖啡，侍者回答说有，给他端了过来，他慢慢地品尝。他从来没喝过，公司的领导总是在中午来这么一杯。其实他喝起来觉得很恶心，为了避免被吧台侍者嘲笑，他还是鼓起勇气喝了下去，侍者已经很惊讶了，客人居然点了一杯这么高端的饮品，回头再看，客人已经喝完了，侍者靠近吧台，问他是不是会读咖啡术。"土耳其咖啡是用来读残渍的最理想的咖啡，尽管希腊人认为自己的咖啡才是最适合的，因为更加醇厚，颗粒更大。""那你看看呢。"克劳迪奥说。他把杯子倒过来，特别开心地看起来。"有一棵树，"他说，"还有一个女人。""谢谢。"克劳迪奥平淡地说，但还是留给他一笔不菲的小费。

克劳迪奥又恢复了独处，回到了刚才玩过的那桌边，想赌第二盘，但第三盘都已经出了。他把签放在了 28 和 31 之间，最后报出的数字是 27。克劳迪奥本来想买更多的签（用他计划中的另外一半钱），这时候，他刚才见过的那个穿着破旧名牌衣服的中年男人靠近了他，碰了下他的胳膊，问道："你希望听听专家的意见吗?"克劳迪奥犹豫了，不想卷

---

① 西班牙语里字母 H 不发音。

入其他的人和事，也害怕这个人会问他要钱之类的。"我什么也不要。这是个免费的忠告。"他没等回复就接着说，"赌3和10。"

这两个数字敲打着他的胸脯，仿佛所有的情色钟表一起敲响。他勉强吞吐说出自己喜欢黑色对子。"那你自己决定吧，克劳迪奥。你是你自己运气的主人。而且，我也得走了。记住这两个数字：3和10。以后你会感激我的。""您怎么知道我名字？您叫什么？""我是运动员咖啡店的街坊，反正这也不重要。"他也没握手告别，只是微微点了下头致意，便一瘸一拐地走了。

克劳迪奥很困惑，不由得坐在旁边的一张椅子上。他突然对自己说："为什么不试试呢？"他去收银台，用剩下的钱都买了签，坐在了之前的桌子旁。他放了很多赌注在3上，其他的在10上。"红色3"。他把赢的钱都给10下了赌注。"黑色10"。然后，他把所有赢来的注又都押到了10上。"又是10"。然后，他把所有赌注都押到3上。"红色3"。他收起了所有的签，离开了桌子，但还能听到桌上庄荷报的数字。接着报的是4，0，36，18，27，9，31。没有再出现3，也没有10。

他再次靠近刚才发生壮举的桌子。对10下了大赌注。

"黑色10"。在玩家中出现了嘀咕声。他把赢来的签继续下赌注。再次出现了10。有人已经不再下注了，就盯着这位赢家的连串运气。只要他不玩，喊的都是其他数字。只要他下注3和10，他还是接着赢。

他发现自己已经达到了目的。他明白自己的好运气到头了，作为收尾，仿佛是告别，他同时在3和10上下注，庄家喊了17。他留下了丰厚的小费，在收银台把一堆签换成钱，分装在每个口袋，慢慢走了出去，上了第一辆出租车（今天可以小奢侈一把了），他跟司机说了玛利亚娜家的地址。

所有这些钱

　　克劳迪奥到家的时候，玛利亚娜兴高采烈的，因为她和欧菲利亚通过了一场噩梦般的考试，两人正互相拥抱，她随即转头拥抱了克劳迪奥。欧菲利亚从厨房拿来一瓶红葡萄酒和一盘三明治。"我们正等你回来庆祝呢，"玛利亚娜说，"还好你现在就到了，因为欧菲利亚马上就要回马尔多纳多了，她要跟老爹老妈报告好消息。"接着，她立刻补充道："也要跟男友说。你知道她有男友了吗？"然后三人继续拥抱和祝贺。"讲讲，讲讲。"克劳迪奥说。欧菲利亚讲得很简单："他有点乡巴佬，但总之是男友了。""你别小看他。"玛利亚娜说。然后跟克劳迪奥说："他可是农场主的儿子，你觉得怎么样？""是呢，但是是个异见人士。"欧菲利亚解释道。"这是怎么回事？"克劳迪奥问，笑得不行了。"到目前为止我还没听说过持异见的农场主。我猜想他成立了个工会吧。""到时候你会见到他的。他致力于保护工人利益，但工人们却被他离经叛道的维权活动吓到了。"

突然，玛利亚娜想起了克劳迪奥出去的目的，问他怎么样了。"相对不错。""还好。"她说，但是欧菲利亚打断了他们："我走了，我走了，我们周一见啦。"他们俩单独在一起的时候，玛利亚娜又问道："相对不错是什么意思？"这个时候，克劳迪奥开始把钱包、书包、数不清的口袋里的钱都掏空，放在桌上。钱堆起来像座小山，多得出乎意料。

玛利亚娜屏住了呼吸，最后只喊出了一句话，声音很奇怪，比平时尖很多："你去偷了谁的钱？克劳迪奥·阿尔贝托·迪奥尼西奥·费尔明·内波穆塞诺·翁贝尔托，不带 H！你偷了谁的钱？我也说过，我是个老脑筋的人，你别忘了！我不喜欢罪犯！就算是罗宾汉也不喜欢！"克劳迪奥笑喷了，她脸色变得惨白。最后，他害怕她出事，便握住她的手臂，摇了摇她的身体，几乎对她喊了出来："你别傻了，你没看见这都是我从赌场赢来的吗？"

这时，可怜的姑娘才一下子放松了，然后静静地问："所有这些钱？"之后就晕过去了。克劳迪奥吓坏了，给了她几巴掌（过于温柔），然后赶紧跑进房间，给她闻了点氨气。最后她终于睁开了眼睛，他微笑着回答她："是，所有这些钱。"

玛利亚娜去浴室洗了洗脸。回到克劳迪奥身边的时候，惊吓已经变成了喜悦。"今天真是个大日子！首先我通过了考试，接着又发生了这么个天大的事情。"她看了看钱，简直不敢相信。"一共是多少钱呢？"她终于敢发问了。"我也不知道。"克劳迪奥说，"我还没来得及数呢。我估摸着不只够我们搬家，而且够我们付购买公寓的首付款了，剩下的我们分期付。""我看你最近很懂房产。"玛利亚娜说。

这时候她才长舒了一口气，然后看着克劳迪奥。"我看我们快结婚了，索尼娅可以睡踏实了。""你别提索尼娅了。我们结婚是因为我们想结了。""你等等。"她说，"我来练练我在法官面前的誓言：是，我愿意。"

两人整理了纸币，玛利亚娜找来一堆信封，一个个装满，然后放到了衣橱里的隔板上，仿佛那就是固若金汤的保险箱。"我从酒店公园赌场回来的时候，坐在出租车上就在想，最好明天就把钱都存到你的名下。我想存在你的名下，因为公司可能要派我去基多出差，也不知道要去多久。我出差的这段时间，你去看看公寓，要是看中了，而且房价没有超过预算，你就告诉我，我回来后，咱们就一起去买。你觉得如何？""我都不记得你出差这回事了，真糟糕！"

两人都累坏了，心里惴惴不安，甚至有些受惊吓，当天晚上，他俩没吃晚饭，也没做爱，两人像两个无助的生物一般拥抱着对方，被自己的好运压得喘不过气来。

这点小平衡

1945 年 8 月 9 日，也就是运气（化身为那个智者，穿得破旧不堪，在赌场给了我忠告）决定保护我、允许我们挑选自己的房子的那天，美国人在长崎抛下了第二颗拥有巨大威力的核弹，夺走了成千上万人的生命，摧毁了他们的房子。

玛利亚娜和我第二天才知道。我不知道为什么长崎的炸弹对我的震动要比广岛那颗大。也许不只是因为它令人恐惧，而是它延续了上一次的恐惧。新闻播报员解释说，这枚炸弹的威力达到 12.5 千吨，一千吨相当于一千吨的 TNT 炸药的威力。我对这种夸张的毁灭力没有什么概念，但知道那一定是相当大，从评论员热烈的、夸张的评论中就可以判断出来。

这次扔下炸弹的既不是德国人、法国人也不是俄国人，而是美国佬，播音员整天都在庆祝这个事情，称赞民主国家获得了战争技术上的巨大进步。另外，成千上万的受害者不是白人，而是黄种人，所以也没什么要特别担心的。

我觉得这太可怕了。我不能理解，人们不负责任地把骚乱转为欢乐。他们预言，这样就结束了战争，他们那么兴高采烈，好像我们才是天天受战争炮弹攻击至昨日的民族。我也不是特别同情日本人，但我觉得让千万人遭受这种摧残的行为也是残暴的。美国人从纳粹那学焚烧炉机制学得可真快。从奥斯维辛到广岛，无缝对接。

我丢下玛利亚娜，她正沉浸在自己的悲伤中，我都没经过阿利奥斯托街的家，直接去找了我叔叔埃德蒙多，只有他能解释这种疯狂的行径。我一路跑去他家，推开门，他只有在晚上才锁门。他在院子里喝着马黛茶，享受着8月早上十一点不该那么炙热的阳光。我以为（我突然对我的轻浮后悔了）是这炸弹爆炸产生的巨大火焰，把我们的冬天都烤热了。

"坐吧。"他指着一把藤条椅子对我说。他知道我为什么来。"我无法解释，"他说，"谁能解释这种程度的残暴？唯一的解释是人残暴地对待同类是没有下限的。没有见过他人的脸，也没有和他人目光接触，就对其施暴。人可以为了主权问题和自治问题而施暴，仿佛这个他人不是自己的一面镜子。当他摧毁镜子的时候，也在摧毁自己。决定投下这枚炸弹就是作出了杀人的决定，同时这也是自杀的决定。目前说这个还太早。现在人们还只看到这个怪诞和惊人的原子弹的蘑菇形象。总有一天，人们会看见这个疯狂事件中人类和非人类的形象。也许杜鲁门总统是一个强硬的、坚定的、无情的人，但是我敢预言，在他死之前，他都无法睡安宁觉了。那些执行任务的飞行员，难道能长期抵制强烈的自杀倾向？"

　　他喝了最后一口马黛茶，把茶壶和热水壶都放在了小凳子上。"那我们呢？"我问。埃德蒙多笑了，垂头丧气地："没什么。我们什么都做不了。能保持理智就已经不错了。"

　　我告诉了他我去公园酒店赌场碰运气的结果。他惊讶地睁大了眼睛："总算有个好消息了！"我告诉他，我和玛利亚娜准备拿这钱去买个房子，也许我们就结婚了，但最近的新闻让我们不知所措了。"三天前，广岛被炸了，我也不知道为什么，也许是因为当时我一分钱也没有，没有像这次的爆炸让我如此震动。难道这钱只能用来解决个人问题吗？我不能把这钱花在更人性化、团结友爱的地方吗？买个房子太自私了，这不是任何一个人的房子，而是'我的'房子。我不知道这个算不算坏良心，因为杜鲁门投弹前也没问问我，但我自己觉得良心上过意不去。另外，我也不想损害玛利亚娜的利益。我心里太乱了。"

"你看，克劳迪奥，一种是良心觉得不安，另一种是故意制造坏良心。我觉得你这么想挺好的，那你又能做什么呢？你想用这个钱组织一个司令部来审判杜鲁门？你要给广岛和长崎的受害者建一个医院？你以前是一无所有的，你觉得天上掉下的馅饼拿在手里是幸运的。但是你想想，这笔钱都不够你付房子的全款。你想拥有自己的房子，不是一个自私的想法，而是很自然的想法，非常人性化。我和阿黛拉很多年前买下了这座旧房子，旧归旧但挺漂亮的，有院子和葡萄藤。我没有因为这个觉得自己了不起。我每个月都要向银行还贷款。这是这个国家积极的一面，至少到目前为止都是。大部分的普通工人和雇员的房子，都是一平方米一平方米、一天一天地付完的。我们本来想着两人一起享受的，但现在，债务还完了，阿黛拉却不在了。住房不仅是一个不动产，而且还是精神巩固下来的形式。你会感受到的，你有了房子以后，每天晚上回家，在这个不可信的世界中，房子能给你安全感，不过不是很多，一点吧。"

"长崎呢？""啊，长崎。我记得，我在你这个年纪的时候，也许比你还小，一个名为普林西普的学生在萨拉热窝刺杀了奥地利的斐迪南大公和他的夫人，这几发子弹就引发了第一次世界大战。那件事让我对世界、历史和未来的看法都变得空虚、缺失和遥远。我有一种感觉，重要的决定都是不可避免地由其他人作出的，我总是在边缘，我唯一的可能（你别忘了，当时我是个运动员）就是在其他人给我划定的生命线上奔跑。然后日子就这么一年年过去，我学到了事物不是一成不变的，总是有一部分的决定是自己作出的，你不能轻易逃脱。最后你得出结论，世界很大，你的世界却很小，你开始恢复平衡，哎，在分配中分到的这么一丢丢的平衡，可不能扩大化。"

我的长崎

　　在去基多之前，我想画一个我自己的长崎。长崎爆炸的新闻让我受到很大的震动，以至于我只能靠遗忘去挥发它。随着日子的流逝，恐怖的细节侵占了我们、靠近了我们。就好像有人跟我们说过，你们也可以屈从，很多人已经屈从了，只是煅烧他们的是不一样的炸弹。

　　对仇恨的大规模和有计划地练习，就像在 8 月 6 日和 9 日发生的一样，最后终于压倒我了。我内心生长出一种对仇恨的拒绝，几乎要犯下副作用般的罪了：仇恨仇恨本身。当我听到广播里的评论员，或是读到报纸的报道，盛赞这样的屠杀："因为这样阻止了数以百万计的更多的人死亡。"我觉得这是新鲜的说法，科技的虚伪就此诞生。

我日复一日地画着我的长崎草图，不想复制每日铺天盖地而来的照片上的脸庞和身体，但是一直找不到最合适的画面。于是，我想把灾难用抽象的形式表现出来，只用颜色、线条、光线、云雾，没有人类的出现或缺席，只有非常恶劣的情绪，仿佛成为世界末日的不是可怜的城市，而是人类的灵魂。但我的画笔和水桶都落得那么无能，所有的、任何一种颜色都让我觉得太过简单、没有表现力、垂头丧气。

　　有一天，诺贝尔托来找我，开来了他崭新的车子。这是他刚买的车，他非常得意，想给我看看，提议可以载我去任何地方。我当时没心情去玩。我跟他讲了我纠结的主题：长崎。"啊，另外一个炸弹啊。"诺贝尔托说，因为对他和对全世界，广岛的第一颗炸弹成了专有名词了。长崎这颗只是那"另外一个炸弹"，候补序列里的下一个。

　　我跟他讲了我的问题，我找不到一个艺术表达方式去表现这种悲惨的情况。"你说悲惨？我有解决办法。"然后我们出发了。我们基本是穿过了整座城。我沉浸在内心世界，也没注意我们到了哪里。突然，诺贝尔托刹车了。我们停在了一个巨大的垃圾堆前，那臭味简直让人无法忍受。衣衫褴褛的、肮脏的人，头发凌乱的女人们，衣不蔽体的小孩们，在污秽中、在灰土煤渣中翻找东西，不知道他们在找什么。当他们抬了一下头，发现了我们，就警觉地看着我们，但是目光中没有仇恨。我们目光对视，什么也没说。他们很快又继续将头埋在污秽、臭气和铁锈中，继续工作。

"这里就是你的长崎了。"诺贝尔托说。

四种口味的煎饼①

　　诺贝尔托可能说得对：这就是我的长崎，我的低微的、不重要的、简陋的长崎。但我还是没办法将其付诸画板。我的恐惧观还不够成熟，不能付诸油画。我觉得自己与这个话题牵强地联系在一起（不是发自内心的）。本国的贫民窟（我记得多年后，我去找过，为了和雨果笔下的比一比，却没找到）让我觉得自己很傻、很自以为是。现在我明白了，我在埃德蒙多叔叔面前提出的激烈观点，跟我自己极不相称，是夸夸其谈，仿佛我无意识中想要放大一种焦虑，我面对遥远的灾难表现出难以置信，目的是把它转换成一种个人的戏剧。

　　我的情绪很不稳定，迫在眉睫的出差对我来说也是件好

---

① 原文为意大利语。

190

事。在基多将会举办一场美术设计和广告的国际会议，公司的领导觉得我是那个最适合的人，能接受流行的新观念："你很年轻，你的美术事业虽然刚起步，已经很有成就，去认识下世界对你是件好事。"奇怪的是，他们给员工描绘前景时很自由主义，在现实的小事上却表现得很蹩脚：他们没给我购买正常航班的机票，而是一条不固定的航线，时不时会在布宜诺斯艾利斯和基多之间飞行的特殊航班。

因为航班是周一起飞，我周五就飞到了布宜诺斯艾利斯，可以待在我意大利爷爷奶奶家几天。玛利亚娜没有去卡拉斯科国际机场送我，因为她说离别、婚礼、阅兵都会让她掉眼泪（我可以理解离别和婚礼，但是阅兵都能让她哭，实在超出了我的理解能力），因此，来机场送我的有我老爸、索尼娅、小埃莲娜和何塞，甚至茱莉斯卡都来了，她来看飞机起飞，兴奋得像个孩子一样。

事实上，我也没资格嘲笑茱莉斯卡，我根本没坐过飞机，也从来没出过国（茱莉斯卡至少坐过飞机，从黑山来乌拉圭）。我去基多的出差变成我个人版本的、无法转让的、曾经读过的儒勒·凡尔纳的《气球上的五星期》。

跟其他旅客一起，我走向乌拉圭国家航空公司的飞机，在平台上响起了、没法认错的南斯拉夫女人的声音："一路顺风！"毫无疑问，她的外语全方位地进步了。

文森左爷爷（事实上，全名是文森左·卡尔洛·马里奥·翁贝尔托·雷欧内尔·吉欧瓦尼），那个从海难中幸存下来的人，罗莎娜奶奶，像接待回头的浪子一样接待了我。他们给了我最好的东西：意大利蔬菜汤、鼠尾草煨猪肝、四种味道的煎饼、卡门青椒、丑角面包丁配菜、热那亚式意大利面。如果茱莉斯卡看到我在尝这些不是东欧口味的菜时是那么惬意，她一定会对生活产生巨大的失望。所有的菜都太好吃了。我下过决心，到了厄瓜多尔一定要过得节俭，而眼前我却吃啊吃啊，像一个名人说的（谁说的？），不慌也不忙。

在饭桌上，我得回答罗莎娜奶奶关于她新儿媳的无穷无尽的问题（在婚礼上她只是稍微认识了下索尼娅），问她与自己的儿子塞尔吉奥过得怎么样，问小埃莲娜的巴拉圭男友怎么样，问玛利亚娜，问我们是不是要结婚了，什么时候结婚（她一定会来我的婚礼）。她还问了她另外一个儿子，我叔叔埃德蒙多，但有点沮丧，因为他从来不写信来。"他有点奇怪。"她喃喃地说，"自从阿黛拉去世后，他变了很多。""他很爱您的，可能就是因为爱您。"我试图给叔叔找解释。对我来说，叔叔可一点儿都不奇怪，他很愿意和我交流，我没跟奶奶说，怕伤到他们的感情。我记得有一次问埃德蒙多，他和父母的关系怎么样，他跟我说过："我很爱他们，当然，我一直都爱，但我没法和他们沟通。塞尔吉奥跟他们处得更好。"实际上爷爷奶奶确实非常和蔼，那仅限于跟他们待一个周末，跟他们长期住在一起确实不容易。他们的爱（确实没法否认）太耗费精力了。

周日我给玛利亚娜打了电话。她还没听到我的声音，话筒就传来了她欢乐的声音："内波穆塞诺！"我承认，听到她的情不自禁我很感动。"家里的床很想念你，我很想念你，我们所有人都想念你。另外，昨天我去看房子了，我觉得我看中了一套，我们赢的钱能付得起。明天我去做个预订。我跟你说，结婚的想法越来越吸引我了。另外，我可以工作了。我已经决定了，要是等我读完、考完最后一门试、从兽医专业毕业的那天再去找工作，我们国家就剩不下一头牛、一条狗、一匹马，也没有人了。哎，我有太多话想跟你说。你小心那些基多妞儿，她们有印第安人和征服者的血统，这种混血特别让人心醉。我太了解你了，你可别教她们跳探戈，行不？"

记忆中的她从来没像现在这么能说。我疯狂地想拥抱她、亲吻她，跟她在一起。为什么我同意去基多出差呢？这电话费可真不少。她讲完的时候，我也变得黏黏糊糊了，跟她讲了一堆亲热的话，我号称在恋爱中能保持清醒，这次可完全不同了。

咖啡残渍

那天只有文森左爷爷一个人去机场送了我，因为那是个周一，罗莎娜奶奶得一个人看着他们在卡巴依托的商店。文森左爷爷觉得坐船最好，因为——他说的时候还带着笑——这样可以晚到港口，并且错过那艘注定要沉没在大西洋的船。"那是当然，"克劳迪奥同意，"但你得承认从布宜诺斯艾利斯坐船去基多几乎是不可能的。"

找到办理我航班的航空公司柜台还真不容易。我们在信息中心问过，他们连阿莱夫航空的名字都没听说过。最后，克劳迪奥已经开始焦虑了，他们看到一个柜台上有一张简陋的纸板，上面写着：阿莱夫（飞往基多的特殊航班）。没有人排队，离登机的时间也没多久了。他们走近这个柜台，一个女员工跟他们确认，确实在她这办理。"问题是这个航班目前延误了一个小时。"一位地勤女服务员说，"但现在已经可以办理行李托运了。"克劳迪奥带的行李不多，因为基多的研讨会按计划不超过一周。

既然还要等一小时，他们索性坐进了咖啡馆，点了两杯卡布奇诺和两个牛角面包。文森左爷爷对克劳迪奥去参加国际研讨会的事情觉得非常震惊。"你会认识很多重要的人物。"他建议跟很多人建立联系，以后可能会有用处，"在这个世界上，没有关系就没有进步。你看我这个例子。我停在了已有的东西上，就是这个杂货店，你也知道，从来没有再往前一步，都是因为我没有人脉。Sono troppo bizzoso[①]，建立不了什么有用的关系。"

还没过二十分钟，广播里就传来了阿莱夫航空 9131 号航班准备登机的消息，三分钟之后，广播再次通知，说这是最后一次呼叫登机。他们飞奔到了七号登机口，门口还是放着那张纸板，航空公司的名字写得像涂鸦。总共才有十个或是十二个乘客。"你会坐得比较舒服哦。"爷爷说，拥抱了下克劳迪奥。

飞机看起来很舒适。他把手提行李放好后，系上了安全

---

① 意大利语，我太任性。

带。起飞还算平稳。克劳迪奥累积了许多天的疲惫。在蒙得维的亚市的准备工作，与玛利亚娜的最后一晚，在卡拉斯科机场的告别，在爷爷奶奶家吃的丰盛的饭菜，罗莎娜奶奶的大堆问题，与玛利亚娜的电话，很难找到航空公司的柜台，所有这些堆积在一起，现在他终于在空中了，眼皮止不住地合上了。长崎变成了灰烬，藏在了久远的记忆里。

当他睁开眼时，感觉一只手放在了他的肩上。在向左看之前，他想，我认得这只手呀。这是丽塔，当然了。"克劳迪奥，"她说，"真是个惊喜，在我的航班上遇到你。"这时候他才注意到她的制服。"你记得我跟你说过吗，在运动员咖啡馆那次，我在一家航空公司做空姐，就是这家啦。"

克劳迪奥保持了沉默。丽塔的手顺势摸到了他的手，拉到自己嘴边，吻了他的手，跟过去一样。他说道："时过境迁了，丽塔，我也不是以前的我了。""你确定吗？"丽塔的手继续做出更私密和急迫的动作，"我们俩几乎是单独在一起，克劳迪奥。没几个乘客，他们都在飞机后排睡着了。"

丽塔抬起了扶手，那是两个座位间的最小屏障，将身体靠近了克劳迪奥。用另外一只手抓住了他的下巴，贴近了她的脸，然后吻在了他嘴角的位置。这是她的密码。然后又给了他一个长长的吻。这时候，克劳迪奥已经没法忍住勃起了，他内心不想要，但身体有了反应。身体有自己的法则。

然后，他听到广播中传来了机长的声音："现在是机长伊基尼奥·门多萨在广播，欢迎乘坐阿莱夫航空的9131号航班。乘客们，在三小时十分钟之内，我们将在暗黑世界机场着陆①。我们将在飞行中提供小吃。"

克劳迪奥听到这个消息后，勃起就下去了，猛地推开丽塔抚摸的手，将他厚重的嘴从那张娇柔的嘴上分开，大声地问："他说了什么机场？"丽塔整理了下发型，微微笑着，才回答道："暗黑世界。""我们不去基多吗？""本来是要去的。现在，现在我们飞暗黑世界。"

他紧张起来了："那是哪里？在哪个国家？"丽塔的另外一只手，放在了他的肩膀上，变得非常冷漠："你会知道的，克劳迪奥，你会看到的。"

"我能问你个问题吗？"克劳迪奥说。"当然。我不是斯芬克斯②。我会回答问题的。""你认识丹第，对吗？""对，

① 暗黑世界（Mictlán）是墨西哥阿兹特克神话里地表之下死人待的世界。

② 在希腊神话中，赫拉派斯芬克斯坐在忒拜城附近的悬崖上，拦住过往的路人，用缪斯所传授的谜语问他们，猜不中者就会被它吃掉，这个谜语是："什么动物早晨用四条腿走路，中午用两条腿走路，晚上用三条腿走路？腿最多的时候，也正是他走路最慢、体力最弱的时候。"俄狄浦斯猜中了正确答案，谜底是"人"。斯芬克斯羞愧万分，投海自溺而死（一说为被俄狄浦斯所杀）。

我认识。在你的著名的卡普罗的公园里。他曾是个绅士。后来没落了。"克劳迪奥第一次感到他的嘴很干。丽塔说："还有吗？"

克劳迪奥闭上眼睛，问题继续在他的脑子里回响，仿佛一个重复的碟片。这个最后的问题"还有吗？""还有吗？"还在颤抖，还在盘旋。他在黑暗中意识到自己正在睡觉。睡着了，他看向窗外，感觉飞机是在螺旋状上升，一遍又一遍在同样的地方飞过，但这些地方越来越远。在一片紫色的雾气中，他听到了丽塔的声音，在运动员咖啡馆跟他说，她认为死亡是一个重复的梦，但是不是圆形的，而是螺旋状的。每次都经过同一个场景，但每次又离你越来越远，这会让你更好地理解它。飞机带着他，一次又一次从同样的场景前经过，但他却没有更好地理解这些事件。下面有丹第，被齐柏林伯爵号飞艇的银色艇身半遮半掩了，老爹在厨房告诉大家一个不好的消息，他妈妈在棺材里的脸，兄弟般的无花果树上停满了小鸟，盲人马特奥拄着白色的拐杖走过卡普罗的街，酒店的那棵树刻满了首字母，娜塔莉亚颤抖的胸脯，索尼娅问为什么他们不结婚，埃德蒙多叔叔喝着他的马黛茶，他的院子，葡萄藤，茱莉斯卡无法停止哭泣。当飞机在他生活的上空飞过第二十遍时，他的脑袋里和胸口产生了抽搐、热量、爆炸，慢慢地在镜子前，他看见了自己的脸。他见证自己的脸已变成了颤抖的、苍白的、痛苦的面具，然后镜子越来越远，照出了他的上半身，右肩上有一只瘦弱的手，几乎是瘦骨嶙峋，那是丽塔的手。他无法忍受这个画面，没有丝毫犹豫，他用头撞破了镜子。好在镜子的另外一边是玛利亚娜赤裸的身体，他把自己的手臂搁在了灿烂的、亲近的、温存的胯上，将自己的眼睛靠近她的肚脐眼，那是探戈的和欢愉的、工作的和闲散的、游戏的和挑战的、安慰的和爱情的肚脐眼，他透过那里看世界，仿佛是从一个锁眼偷看。从这个肉体完美的孔洞中，他终于看到了世界、街道、草原，一个有长崎但是没有丽塔的世界，已经齐全了。当这个锁眼又变回玛利亚娜的肚脐眼时，她把头靠在他身上，几乎是喃喃自语："玛利亚娜句号。"

有人再次触碰他的肩膀时，他醒了。一个空姐，但不是丽塔。"您需要吃点小吃吗？"他点了点头，空姐给他放下了小桌板，端来一杯咖啡、一个三明治和一杯橙汁。"您的额头磕破了，"空姐热情地说，"我马上给您拿创可贴。"

他开始喝果汁了，这时听到广播里说："阿尔纳尔多·贝拉尔塔机长广播。各位乘客，我们的飞机将于四十五分钟后降落在基多机场。"

当空姐拿着创可贴回来的时候，他问是不是能叫下她的同事过来。"她叫丽塔。"他解释道。这个姑娘很吃惊地望着他。然后说："不好意思，先生，这里没有一个空姐叫丽塔。我的同事是那个有点胖胖的姑娘，但她叫特雷莎。"他说可能自己记混了。他像少年般饥饿，大口吃下两个三明治。他还有一个疑问：从什么时候开始做梦了呢？但有一点很肯定：从现在开始，任何人都不会在他的咖啡残渍里发现丽塔的痕迹了。

译后记

十几年前，当时国内还很难买到原版西文书籍。一位外派乌拉圭的同窗好友，回国的时候送了我一本《咖啡残渍》。这本薄薄的小书穿越了整个地球，礼轻情意重，于是我开始仔仔细细地阅读。小说作者名为马里奥·贝内德蒂，国内很早就译介了他的主要作品，却遗漏了这本小书。小说描述了蒙得维的亚市一位普通青年的成长经历，通篇没有宏大叙事，没有炫技，语言平实温馨，仿佛邻家闲谈。许多场景似曾相识，让我拾起童年的些许碎片，让两座平淡的边缘城市跨越时空连通于文字与精神之中。我情不自禁地把它译成中文，完成的译稿存在电脑里，并跟随我穿梭于中国和拉美的城市之间。十几年后，我惊喜地看到作家出版社出版了贝内德蒂的系列译作，忍不住询问是否对贝内德蒂的这本小书感兴趣，出版社积极的回应让我欣喜若狂，希望这本小书也能引起中国读者的共鸣。

贝内德蒂出生于乌拉圭内陆小镇，三四岁时随家庭迁至首都蒙得维的亚市生活，他的文学在这里生根发芽，传播到世界各地。哪怕后来辗转拉美和欧洲，但他的心从来没有离开过这座城市和这个国家。他的小说文笔简朴，像极了一幅素描画，没有使用同代拉美著名作家那么多绚丽的技巧，这与乌拉圭这个国家和民族的特点也有一定的关系。乌拉圭被称为"南美的瑞士"。相较其他拉美国家，这里发展指数较高，社会稳定，除去20世纪70年代的军政府时期的动荡岁月，人民沉溺于"岁月静好"，但也缺乏革新精神。

出于对祖国的热爱，贝内德蒂从没有停止过对它的批判。他用《蒙得维的亚人》将同胞的心态称为"公务员"心态，用《麦草尾巴的国家》揭露乌拉圭政府的伪民主外壳与腐败的本质，以及共谋的懦弱的公民，他最为畅销的小说《休战》则更为精准地展现了乌拉圭中产居民的一种停滞的、死气沉沉的状态。《咖啡残渍》在这些作品中很不起眼，但是作者曾在一次采访中承认："我觉得我写得最好的小说就是《咖啡残渍》，这是我唯一一部自传性质的小说。虽然主人公是一个我虚构的人物，但他就住在我住过的街区。"1992 年，写这部小说时，作者已结束了十二年的流亡回到国内，想借助主人公的形象来回忆儿时记忆中的蒙得维的亚城。

《咖啡残渍》讲述的是一位蒙得维的亚市的青年克劳迪奥从儿童时代到成长为艺术家的故事，只有短短的二百页，但人物形象非常立体丰满。作者采取的办法是选取简短的生活片段写成小章节，将其拼接起来。克劳迪奥随父母不断搬家，因而接触了朋友、外籍女佣、租客等形形色色的人物，有一位神秘的女友丽塔开启了他的艺术人生，也让他的青春蒙上一层阴影。最后，他结识了一位可以迈入婚姻的姑娘玛利亚娜。他在丽塔和玛利亚娜之间摇摆，最后坚定地拥抱了现实。这些故事的背景，是 20 世纪 30 年代的蒙得维的亚市，主要的街道和建筑在其中穿梭，一些重大事件在故事中若隐若现。这主要出于两方面的原因：一方面，作者想要写一部更为私密的传记式小说，不想填入太多的政治；另一方面，乌拉圭是一个边缘小国，所以那里的人们对世界大事的心态和感受与大国国民非常不同，有一种遥远的朦胧感和漠视。

咖啡残渍是人们喝完咖啡后留下的印记，有一种占卜术就通过观察这个残渍来解读人生，预知未来。正如书名暗示的一样，小说的故事中也有许多神秘的地方，预示了一种命运的安排。例如不断出现的三点十分，"三点十分我发现了丹第的尸体；我妈妈是三点十分去世的；丽塔三点十分闯进了我的阁楼；我和娜塔莉亚的第一次也是在三点十分"，他也靠画钟表上的三点十分获得了艺术上的成功，靠押注三和十赢得了赌局赚到了买婚房的钱。一位赌场服务员曾帮他看过喝完的咖啡杯，里面显示着一位女性和一棵树，那就是幽灵般的丽塔。他在朋友家听无线电波时，还奇迹般地听到丽塔在呼叫他。这些神秘的迹象都暗示了过去的一种力量在拉扯他，而他的人生就像小说最后描写的那样，在螺旋上升，每次绕回同一个地方，也就是过去，但离得更远，可以看得更清楚，最终克劳迪奥决定拥抱真正的现实。

我也喜爱阿根廷的阿尔特，他和贝内德蒂都扎根于本乡本土，生于斯长于斯，热爱自己的城市，是布宜诺斯艾利斯市和蒙得维的亚市的漫步者和书写者，这些根深蒂固的归属情感恰好是高速现代化和全球化冲击下的中国失去和忽视的东西。在今日的中国，一切坚固的东西都在烟消云散，本乡本土的文化和语言在消亡，新时代的邻里正在变成五湖四海的异乡人，新的社群和新的城市文化还在形成中。在现代都市中忙碌生活的您，是否也怀念儿时的生活？那时，我们在模糊的世界背景下，在阳光灿烂的日子里，在邻里如亲人的小巷中，听着鸟叫，闻着花香，和小伙伴一起无忧无虑地玩耍，在无所事事的下午沿街溜达。希望《咖啡残渍》能让您在快节奏的生活中感到一丝温暖，露出浅浅的微笑。

（京权）图字：01-2022-3561

图书在版编目（CIP）数据

咖啡残渍 /（乌拉圭）马里奥·贝内德蒂著；夏婷婷译．--北京：作家出版社，2023.9

ISBN 978-7-5212-1749-0

Ⅰ.①咖…　Ⅱ.①马…　②夏…　Ⅲ.①长篇小说-乌拉圭-现代　Ⅳ.①I782.45

中国版本图书馆 CIP 数据核字（2022）第 013085 号

La borra del café by Mario Benedetti
Copyright©1992 by Mario Benedetti
This translation published by arrangement with Fundación Mario Benedetti,c/o
Schavelzon Graham Agencia Literaria
www.schavelzongraham.com
Simplified Chinese Edition Copyright©2023 by The Writers Publishing House Co., Ltd
All rights reserved.

咖啡残渍

作　　者：（乌拉圭）马里奥·贝内德蒂
译　　者：夏婷婷
责任编辑：赵　超
封面设计：吴元瑛
出版发行：作家出版社有限公司
社　　址：北京农展馆南里 10 号　　邮　编：100125
电话传真：86-10-65067186（发行中心及邮购部）
　　　　　　86-10-65004079（总编室）
E-mail: zuojia@zuojia.net.cn
http://www.zuojiachubanshe.com
印　　刷：河北京平诚乾印刷有限公司
成品尺寸：130×185
字　　数：110 千
印　　张：6.75
版　　次：2023 年 9 月第 1 版
印　　次：2023 年 9 月第 1 次印刷
ISBN 978-7-5212-1749-0
定　　价：45.00 元